副刊文丛

主编 李辉 王刘纯

住在凉山上

何万敏 著

中原出版传媒集团
中原传媒股份公司
大象出版社
·郑州·

图书在版编目(CIP)数据

住在凉山上 / 何万敏著.— 郑州：大象出版社，2018.3
(副刊文丛 / 李辉，王刘纯主编)
ISBN 978-7-5347-9665-4

Ⅰ. ①住… Ⅱ. ①何… Ⅲ. ①散文集—中国—当代 Ⅳ. ①I267

中国版本图书馆 CIP 数据核字(2018)第 005068 号

住在凉山上
ZHU ZAI LIANG SHAN SHANG

何万敏　著

出 版 人	王刘纯
项目统筹	李光洁　成　艳
责任编辑	李　爽
责任校对	张迎娟
封面设计	段　旭
内文设计	杜晓燕

出版发行	*大象出版社*(郑州市开元路 16 号　邮政编码 450044)
	发行科　0371-63863551　总编室　0371-65597936
网　　址	www.daxiang.cn
印　　刷	北京汇林印务有限公司
经　　销	各地新华书店经销
开　　本	787mm×1092mm　1/32
印　　张	8.75
版　　次	2018 年 3 月第 1 版　2018 年 3 月第 1 次印刷
定　　价	38.00 元

若发现印、装质量问题，影响阅读，请与承印厂联系调换。
印厂地址　北京市大兴区黄村镇南六环磁各庄立交桥南 200 米(中轴路东侧)
邮政编码　102600　　　　　　　电话　010-61264834

"副刊文丛"总序

李 辉

设想编一套"副刊文丛"的念头由来已久。

中文报纸副刊历史可谓悠久,迄今已有百年。副刊为中文报纸的一大特色。自近代中国报纸诞生之后,几乎所有报纸都有不同类型、不同风格的副刊。在出版业尚不发达之际,精彩纷呈的副刊版面,几乎成为作者与读者之间最为便利的交流平台。百年间,副刊上发表过多少重要作品,培养过多少作家,若要认真统计,颇为不易。

"五四新文学"兴起,报纸副刊一时间成为重要作家与重要作品率先亮相的舞台,从鲁迅的小说《阿Q正传》、郭沫若的诗歌《女神》,到巴金的小说《家》等均是在北京、上海的报纸副刊上发表,从而产生广泛影响的。随着各类出版社雨后春笋般出现,杂志、书籍与报纸副刊渐次形成三足鼎立的局面,但是,不同区域或大小城市,都有不同类型的报纸副刊,因而形成不同层面的读者群,在与读者建立直接和广泛的联系方面,多年来报纸副刊一直占据优势。近些年,随着电视、网络等新兴媒体的崛起,报纸副刊的优势以及影响力开始减弱,长期以来副刊作为阵地培养作家的方式,也随之隐退,风光不再。

尽管如此,就报纸而言,副刊依旧具有稳定性,所刊文章更注重深度而非时效性。在新闻爆炸性滚动播出的当下,报纸的所谓新闻效应早已滞后,无法与昔日同日而语。在我看来，唯有副刊之类的版面，侧重于独家深度文章，侧重于作者不同角度的发现，才能与其他媒体相抗衡。或者说，只有副刊版面发表的不太注重新闻时效的文章，才足以让读者静下心，选择合适时间品茗细读，与之达到心领神会的交融。这或许才是一份报纸在新闻之外能够带给读者的最佳阅读体验。

1982年自复旦大学毕业，我进入报社，先是编辑《北京晚报》副刊《五色土》，后是编辑《人民日报》副刊《大地》，长达三十四年的光阴，几乎都是在编辑副刊。除了编辑副刊，我还在《中国青年报》《新民晚报》《南方周末》等的副刊上，开设了多年个人专栏。副刊与我，可谓不离不弃。编辑副刊三十余年，有幸与不少前辈文人交往，而他们中间的不少人，都曾编辑过副刊，如夏衍、沈从文、萧乾、刘北汜、吴祖光、郁风、柯灵、黄裳、袁鹰、姜德明等。在不同时期的这些前辈编辑那里，我感受着百年之间中国报纸副刊的斑斓景象与编辑情怀。

行将退休，编辑一套"副刊文丛"的想法愈加强烈。尽管面临新媒体的挑战，不少报纸副刊如今仍以其稳定性、原创性、丰富性等特点，坚守着文化品位和文化传承。一大批副刊编辑，不急不躁，沉着坚韧，以各自的才华和眼光，既编辑好不同精品专栏，又笔耕不辍，佳作迭出。鉴于此，我觉得有必要将中国各地报纸副刊的作品，以不同编辑方式予以整合，集中呈现，使纸媒副刊作品，在与新媒体的博弈中，以出版物的形式，留存历史，留存文化，便于日后人们借这套丛书领略中文报纸副刊（包括海外）曾经拥有过的丰富景象。

"副刊文丛"设想以两种类型出版，每年大约出版二十种。

第一类：精品栏目荟萃。约请各地中文报纸副刊，挑选精品专栏若干编选，涵盖文化、人物、历史、美术、收藏等领域。

第二类：个人作品精选。副刊编辑、在副刊开设个人专栏的作者，人才济济，各有专长，可从中挑选若干，编辑个人作品集。

初步计划先从20世纪80年代开始编选，然后，再往前延伸，直到"五四新文学"时期。如能坚持多年，相信能大致呈现中国报纸副刊的重要成果。

将这一想法与大象出版社社长王刘纯兄沟通，得到王兄的大力支持。如此大规模的一套"副刊文丛"，只有得到大象出版社各位同人的鼎力相助，构想才有一个落地的坚实平台。与大象出版社合作二十年，友情笃深，感谢历届社长和编辑们对我的支持，一直感觉自己仿佛早已是他们中间的一员。

在开始编选"副刊文丛"过程中，得到不少前辈与友人的支持。感谢王刘纯兄应允与我一起担任丛书主编，感谢袁鹰、姜德明两位副刊前辈同意出任"副刊文丛"的顾问，感谢姜德明先生为我编选的《副刊面面观》一书写序……

特别感谢所有来自海内外参与这套丛书的作者与朋友，没有你们的大力支持，构想不可能落地。

期待"副刊文丛"能够得到副刊编辑和读者的认可。期待更多朋友参与其中。期待"副刊文丛"能够坚持下去，真正成为一套文化积累的丛书，延续中文报纸副刊的历史脉络。

我们一起共同努力吧！

2016年7月10日，写于北京酷热中

目 录

倾听大地遥远回声
　——何万敏的人文地理　　　　　　伍立杨　1

凉山不是一座山　　　　　　　　　　　　　1
"袖珍天府"的幸福指数　　　　　　　　　14
带我到山顶　　　　　　　　　　　　　　28
冬春的日子　　　　　　　　　　　　　　40
洒拉地坡的春景　　　　　　　　　　　　48
古道苍茫　　　　　　　　　　　　　　　54
寻路　　　　　　　　　　　　　　　　　62
古城：历史的散笺　　　　　　　　　　　83
会理古城的舒缓时光　　　　　　　　　　99

住在高高的凉山上	110
螺髻山：冷峻而华美的姿颜	141
索玛花儿一朵朵	162
发现凉山杜鹃花	173
金沙江上溜索人	187
榨糖人家	197
在水一方	206
行走在神秘的木里	223
山间铃响马帮来	237
源自大地的行走与写作（代跋）	252

倾听大地遥远回声

——何万敏的人文地理

伍立杨

何万敏多年来行走凉山大地、考索人义地理的文集近日将要结集出版了。锦绣凉山，这部历史地理的大书，其所以锦绣的意义愈加凸显。

万敏这部作品，委实是值得一再品味的文字，含有描述、判断、观察，创作的天赋和观察的心得往往信笔写出，左右逢源，不择地而出。

以学术的方式进入，以文学的方式结裹；以美学的眼光审视，以诗性的情怀思索；因蕴积而益厚，因锻炼而益精。他这种行走可称为研究性阅读行走，或行走阅读，它的前提是在阅读大地的过程中所形成的学术洞察力和学术判断力。

《在水一方》写泸沽湖，从他事切入，从他者的观察切入。宛转、曲折而又景象、意象清晰，一把抓住人心，并被它所左右，为之动弹不得。随之而得风景的力量，将一种社会形态的生活方式娓娓道来、深切入骨。将学术融汇成家常，化为平常，且越见其深刻。

万敏对于马可·波罗之于凉山，曾经在《马可·波罗眼中的大汗建都》一文中做出过精彩的考评。马氏不论是否真的到过凉山，他的游历都是单线条的。而万敏的察访，则是阡陌纵横、无远弗届、点线面立体深入的。脉络分明，从多切面的角度求史地人文之谱系。其间，西式的实证方法与中国传统固有的乾嘉考据方法在相互渗透，交叉互补之后创辟出全新的构撰。

万敏的文章笔驱造化，细意熨帖，大者含元气，细者入无间。复制复活大地的精神景况、地理特征，满含生命骀荡的律动。古代地理学长于描述的悠久传统，在他这里落实放大。山河气质、地理人文……在他的行程中跃然纸上。

万敏不仅以人类活动的历史来衡量地理的风貌，更以自然地理在时间长河中形成的本身的历史来倾诉，也即深入到常人心灵触角难以企及的历史的皱缬和核心，做种种意味深长的探察。

入之愈深，所接收的大地天象的信息就越多。因此他的文章类多且有独得之秘，实非偶然。

其真正的难度在表达的深度上，作者超越了这种难度，运笔铺陈忧患意识，广漠崇山中人民生活的精神搏动、民生民俗、自然生命和吾人庸常认识迥异而富有别样的生命力，在他的表述中都达到了难以企及的深度。

许多僻处一隅的史料，蒙尘已久，若非他的深度下潜式的挖掘，势必趋于冻结或走向湮灭，但是一经他的刮垢拂尘、呵护与阐释，仿佛重放的鲜花，又像珍珠般闪光，一则精气神全出，一则历史文化关怀的目标顿显。而作者的一番阐释推导，印证成一个个历史的画面和节点，这是凉山大地的历史，历史的凉山大地。

史料的挖掘、披露中也必然关涉人的精神赖以形成的社会、历史、文化等重大问题，这就有了作者对社会存在本质的凝眸，对民生生存状况的剖解，对史实意义的透析。

而行文间头脑的明睿，则在于他对史料强劲的驾驭能力。他以关键时间为桩点，其他众多时间节点为辅助，人与事互为经纬，把头绪纷繁的当代史叙述得波澜起伏，澎湃跌宕，而又井然有序，同时众多的新闻材料、旁逸斜出的背景事实、口头历史、民间传闻点染佐证，仿佛蓊郁的花架，主次分明，而又生机盎然。

古代地理书相当发达，也最有文字的兴味。从《水经注》《洛阳伽蓝记》到《岭表录异》《星槎胜览》再到《海国图志》等，有名者无虑数十百种。以出色文笔描述自然风物及社会沧桑，乃是古代地理学家郦道元、徐霞客创辟发展的传统，自始至终和文学两位一体。在何万敏笔下，举凡山川、气候、道路、物产以及居民、建筑、风俗、宗教、语言……都得以精彩记录，文中蒿目时艰，流露深郁的家国之念，以及对乡邦民气的信托。

顾炎武当年遍游西北和华北，以骡马载书籍，是本真意义上的读万卷书行万里路。他不仅对"陆王心学"做了彻底的清理,而且在性与天道、理气、道器、知行、天理人欲诸多范畴上,都显示出与前人迥异的学术旨趣。他一路风尘,颠沛流离,和社会现实频密接触,积累大量第一手资料,并与各地知名学者反复切磋研求。仅就西北地理而言,若遇与典籍不符者,他立即校勘求证,由是构建其传世之作《日知录》。

何万敏今天的条件看似远胜古人,海陆空全面动员,万卷书的信息资料可在指顾之间获得,但是另一番辛苦奔波,却又不在前人之下。他动辄驰驱百里千里,高山峡谷、穷乡僻壤、西部群山、高原绝塞……大至星汉日月,崇山峻岭,小至花蕊蜂翅,飘风流萤……到处留下他深情的足迹、深切的思索、深远的回眸,被他以多重复合的眼光重新打量、解读。山川要害,土俗民风,以至鸟兽虫鱼,奇怪之物,耳目所及,无不记载。他在寻常"参团"旅游想象不到的艰险劳顿中,惨淡经营他的发现之旅。虽然凉山州六万多平方千米的硕大范畴已经令人惊讶,但万敏的比较、勘察的对象则远远超出这个区域的实地面积，神州大地近似或反差鲜明的地理单元，都在他的比较的笔墨之间驱遣。他常年在逶迤的群山之中跋涉，经历缺氧、陷车、塌方、暴风雪等重重险阻，深入大自然以及人文遗迹的奥区和鲜为人知的秘境，获取大量罕有的第一手资料。

何万敏的地理人文创作，其意义总是在读者意料之外搭建，起主导作用的研究手段是实证方法，也即乾嘉朴学以来的征实之学，实其事而求其是，这种归纳思维方法，属于科学意义的辩证思维，具有形式逻辑的基础。

很明显，他在依据诠释学的观点，将大地生命视作一部伟大的作品的"本子"，该"文本"的意义，仿若物理世界里的矿物质一样，总是一种深埋着的东西，需要作者动用多学科的"镐"挖掘之，方可以显出其意义。

就其所描画的大的线条来看，是河道、冰川、山峦、高原、民俗社会，大地与生存、大地与人文，交织而成的世界；若就细部而言，那种生命多元化的呈现，则繁复丰富得令人眼花缭乱。写作时是无数的单篇，合而编之，乃成为有机系统。每一篇文章所表现的意义犹如一朵怒放的鲜花，当它们奇迹般聚拢时，却自有其内在联系的钩链，形成一种宏大的整体架构。既包含天地的元气，又概括了极微小的事物。

"无论富庶还是贫瘠，春天总是会来到每一片大地，来到每一个人的故乡。人们甚至都感觉得到，是流动的风把春天的花朵吹开来。任何一种文明都如此，倘若失去了融合与流动的精神，它最终会变得固执而僵死。况且，在一个'世界是平的'的全球化时代，不同历史、文化、理想积淀而成的文明，恰恰是丰富彼此生活与精神的养料。"

（作者系四川省作家协会副主席，《当代文坛》主编）

凉山不是一座山

那是2004年金秋的事了。我第一次到木里大寺，尽管一早从县城出发——山中的路总是萦绕着高山缓慢盘旋——抵达桃巴乡的时候已近傍晚时分。斜射的阳光照耀着苍黛的群山，蜿蜒的山脉把人的视线延伸到辽远的地方。极目远眺，手中的相机已根本无法把远山拍得清晰了。随我从大寺里出来的年轻喇嘛眯缝着双眼，用他那样的方法看去，眼前的景象会显得漂浮不定，从而产生一种虚幻的感觉。他静静地站在那里，不言不语。稍后他的师父也站在那里，与他并肩站在一起。两个身着绛红藏袍的喇嘛，被夕阳余晖勾勒出高大的剪影，给人一种比一万年还要久远的深刻印象。

类似的景象在凉山很容易遇见：飘雪的雾霭中，灿烂的阳光下，披裹"擦尔瓦"的彝族人，目光坚定、顾盼成群的牛羊翻山越岭或者返回家园的场景，就像记忆中曾经一遍遍观看的某部电影一样，起伏的山峦一直是人的背景。

凉山是一列一列的山，也是四川省一个彝族自治州的名称。凉山彝族自治州（也称"凉山州"）在四川省的最西南方，与云南省仅一江之隔。它的面积有6万多平方千米，竟相当于两个比利时的面积，更比丹麦，或者瑞士、荷兰等国家还要大。作为一个漫游者，我出生、成长在凉山的群山之间，在群山之间的各个角落进进出出，并对由无数的高山构成的大地以及发源于青藏高原的金沙江、雅砻江、大渡河流域有了一种归属感。江河之水连同江河切割的山川，从中国的第三级阶梯向第二级跌落时，形成了无比壮阔的景观。地形图上东面的浅绿和西面的褐黄对应着四川盆地和川西高原，它们几乎就是中国地形的缩影，四川丰富多彩的自然景观和人文景观，也在这里得到集中呈现。

凉山，山峦叠嶂，连绵不绝（何万敏 摄）

这里是青藏高原的东缘，横断山脉的峡谷地区；这里是高原的世界，高山、极高山绵延巍峨，湍急的河流，辫状的水系荡漾畅达；这里垂直分布的气候与植物带谱，简直就是天然的动物、植物王国。即使置于全世界的山族中，横断山脉也算得上是最为独特的。独特在于它纵向分布的走向：青藏高原内部数列大型或超大型山脉沿纬度带绵亘2000多千米之后，在这里几乎成直角突然被拧转为南北走向；转向的同时山脉之间的空间距离也被压缩。在凉山州北起大渡河、南到金沙江畔的区域，自西向东纵列有大雪山脉南支的锦屏山、牦牛山、鲁南山、小相岭、黄茅埂等山比肩而行——所以我们能够在空中俯瞰到高密度的山阵，相对狭窄的空间造成了横断山区的山高谷深——群山高耸，河谷深切，如此大面积的高山峡谷地区堪称绝无仅有，举世无双。譬如，雷波县最高点狮子山主峰海拔4076.5米，最低点金沙江大岩洞谷地海拔325米，相对高差3751.5米；木里藏族自治县最高点是水洛乡西北的恰朗多吉峰，海拔5958米，最低点是俄亚乡南沿冲天河与金沙江汇

凉山不是一座山

大山大水,造就了凉山坚韧不拔、柔情似水的文化特色(何万敏 摄)

水是一种畅想，可以让人的思绪奔向远方（何万敏　摄）

流的三江口，海拔1470米，相对高差4488米。

西方科学家有过感慨："打开地球动力学的金钥匙在青藏高原。"横断山作为青藏高原的重要部分，一直吸引着科学家深情的目光。最近的一次科学考察在2009年年底刚完成，中美第三次合作对横断山区的植物多样性进行了考察，也到了凉山，大有收获。作家马丽华曾在描述青藏科学考察的著作《青藏苍茫：青藏高原科学考察50年》中写到横断山脉在青藏高原东部形成的原因，那就是当印度洋板块由南方俯冲而来，青藏高原难以随之向北推进，被迫向上生长的同时也向两端流逸，但东方又有扬子板块阻挡，横断山脉由此改向；"碰撞推挤的板块在此间形成的山势高峻，峡谷深切，巨大的落差使江河奔腾而下。三江（金沙江、澜沧江、怒江）峡谷作为仅次于雅鲁藏布大峡谷的第二大水汽通道，为横断山区带来了丰沛的虽然不够均衡的降水，令横断山区植物丰富多彩，堪称生物避难所、生物多样性宝库，并为重要的生物起源及分化中心之一"。

而往往人文地理从来就与自然地理紧密相关，复杂多变的地理常常预示着别样的生存方式以及别样的人生所构成的多姿多态的文化。

心系着横断山区，费孝通先生大手笔挥就了"藏彝走廊"的范围，横断山区正是从远古时代就开始的民族迁徙、分化、演变的大通道。随着对这一历史—民族区域概念广泛深入的讨论，我们知道了它自古以来即为西北、西南诸多民族或族群频繁迁徙、相互交流的重要通道，尤其是藏缅语民族或族群的主要活动舞

山是一种阻隔，也勾起了人们对连通的向往（何万敏 摄）

台，它因此又成为一条特殊的历史文化沉积带，其中的民族文化具有异常鲜明的多样性与复杂性，以及重大的学术价值。筚路蓝缕，我们可以想见那样的迁徙场面是何等的惊心动魄、壮怀激烈、伤痛悲怆，以至于后来的学者们去追溯艰辛历程时，只能细细辨识那些早已模糊难辨的面容。传统上人们对民族的了解，常常脱离不了对一群人的客观描述。基于这种传统认识，民族被视为一群有共同血统、体质、语言、宗教、服饰与风俗习惯等文化特征的人。在这种"典范观点"的视野中，某些文化特征被视为一个民族的典型特征，与此不符的则被忽略或者遮蔽。但是，正如台湾人文学者王明珂的诘问：现今人文学科的学者也在反省，究竟摆脱主观文化偏见的客观观察与描述是否可能？对人类学者来说，在一个文化传统笼罩下的人是否能理解另一个文化传统？对历史学者而言，我们如何能在现在的文化结构中理解过去而无偏见？

凉山彝族自治州是中国最大的彝族聚居区。据2000年第五次全国人口普查统计，全州彝族人口有

1,813,683人，约占全州总人口4,081,697人的44.4%，约占四川全省彝族总人口2,122,389人的85.5%。全州辖西昌市和盐源、德昌、会理、会东、宁南、普格、布拖、金阳、昭觉、喜德、冕宁、越西、甘洛、美姑、雷波和木里藏族自治县等1市16县。特别是大凉山腹心地区的普格、布拖、金阳、昭觉、喜德、越西、甘洛、美姑等8个县，彝族人口比例最高，是全国彝族人口高度聚集的区域。在中华民族大家庭中，"彝族是在不同的历史时期形成、发展起来的，与历史上已经消失了的某些古代民族之间既有区别，又存在千丝万缕的联系"。中国社会科学院研究员易谋远，以其著作《彝族史要》引起民族史学界高度关注。他认为，"彝族来源于在国内土生土长的远古氏族、部落。既可找出向当代彝族转化的直接族源，也可追溯出最早的远祖先世在炎黄时代就存在了。彝族先民与分布于中国四川旄牛徼外以黄帝为始祖的蜀山氏后裔早期蜀人、以古东夷颛顼族为祖先的昆夷，以及与炎帝为始祖的楚人，都有着密切的关系……作为彝族起源的远古氏族、部落，与当代彝族和其他一些民族之间的渊源关系很复杂"。

"夷"通"彝"。《诗经·大雅·烝民》："民之秉彝，好是懿德。"《孟子·告子上》在引《烝民》"民之秉彝，好是懿德"句下，其《注》将"秉彝"引作"秉夷"。《书·洪范》："是彝是训。"《史记·宋微子世家》引作"是夷是训"。彝族之"彝"称，始见于《汉唐地理书钞·永昌郡传》："建宁郡葬彝，置之积薪之上，

冬雪覆盖了坎坷，托出一片多情（何万敏 摄）

以火燔之。"1939年12月，对中国历史有渊博知识和深刻研究的毛泽东，就以其非凡的洞察力把今彝族称为"彝人"，并将其列入中国"数十种少数民族"之一。中华人民共和国成立初期，毛主席重申这一主张，亲自把彝人定名为彝族。

除了彝族，凉山州世居民族还有汉族、藏族、回族、傈僳族、布依族等十余个民族，生活的五彩斑斓才是这块大地厚重的底色。就如高山之巅、蓝天之上的云

夏诺多吉海拔5958米，是凉山州最高峰（何万敏 摄）

朵，大地上的人们跟着山转，沿着水走，有时在山上，有时在水边，一直走到一切都遥远得变成了神话。因此，于我而言凉山也还是精神的。那些民间流行的野性的山歌，或者诠释山川风物的传说神话，仿佛因为离天太近而趋向神秘的灵性，甚至一座高山、一块石头、一只飞鸟、一片树林、一阵风儿，都可以变成奇妙的精灵。那些在崎岖的道路上步行的、赶马的、乘车的人，我们不知道他们从哪里来要到哪里去，他们只是在用脚、更用心在凉山这片山的波涛中生存。山里的人明白"山那边还是山"的道理。当然，大山里无数的道路会留下他们的脚印，日久天长，便慢慢积淀成了民族内涵的一部分。

（原载 2010 年 5 月 7 日《凉山日报》第 9 版）

"袖珍天府"的幸福指数

无论只是把脚步跨进2009年,还是此后更加长远的未来时空当中,2008年一定是让人刻骨铭心、悲喜交集的——突如其来的汶川特大地震,撕裂大地,阻断山河,涂炭生灵,怎不叫人捶胸顿足、伤悲落泪;而期盼迎来的北京奥运会,盛装启幕,赛事精彩,点燃梦想,令人感同身受这是一场全民的动员,集体的狂欢,个体的奋斗,灵魂的舞蹈。

两件大事似乎都指向一个主题:重新认识这片河山,再提人与自然肌肤相亲、和谐相处。而经济社会发展的全部要义,唯有清新的空气、绿色的环境、健康的体魄、尊贵的生命、和平的理念和欢乐的精神。

也是在2008年,才推开这一年沉重的大门之时,一项关于"新天府"的评选惹得许多媒体沸沸扬扬。此项活动的发起者是读者口碑较好的《中国国家地理》杂志，他们欲扬先抑的策划手法，首先刺痛了号称"天府之国"的四川的民众，翻阅这个省发行量最大的两份都市类报纸《华西都市报》和《成都商报》上的众声喧哗，即可领略新闻炒作的阵仗。尽管随后出版的"十大新天府揭晓"专辑，封面标题为醒目的《为何成都天府之冠地位难撼？》，但当初该刊以《"天府"是四川盆地的专利吗？》之文诘问，还是让许多四川人惊出了一身冷汗，正如编者所言：天府几乎是人尽皆知的概念，但从天府诞生之日起，却从未有哪个机构对"何为天府""谁是天府"进行过认真的讨论和评选。

属于正本清源或者以正视听的高度了吧，幸运的是西昌平原，受到资深评选专家学者的高度重视，被誉为"袖珍天府"：在人们的传统视野里，天府应该是那些有着巨大人口承载力和富饶物产的大型平原，比如成都平原和关中平原。事实上，一些小平原也同样拥有丰富的物产和美景，像四川西昌平原、云南丽江坝子、大理坝子和海南万泉河流域，它们更能体现我们所追求的精致生活，难道不能称作"袖珍天府"吗？

有一句著名的歌词深情地唱道：谁不说俺家乡好！我们生活在这块美丽富饶的土地上，由衷赞美其好，早已融化为情感的自然流露。还是人家的眼光独到，所见的西昌平原"不乏精彩与妖娆"——有同样的阳光，同样的流水，同样富饶的土地和同样丰富的物产，甚至还有同样悠久的历史和人文——就像民间隐藏的小家碧玉一样，西昌平原完全就是精致生活的福地。

前面说到的西昌平原，事实上是安宁河谷平原的中心地带。安宁河正如它的名字一样，尽管也有过洪水泛滥的时候，但在久远的岁月里，安宁河是一条宁静温婉的河。作为雅砻江的支流，它发源于蜀山之王贡嘎山南麓的冕宁县北部山区，全长351千米，长麻吊线地流到了攀枝花，在那里与金沙江汇合奔向长江。凉山州境内的安宁河谷是在以西昌为中心的中游地区，安宁河形成的开阔谷地最窄处有几千米，最宽处近20千米，面积7000多平方千米，这也就是安宁河谷平原，是仅次于成都平原的四川第二大平原、川西南唯一最大河谷平原。换句话说，正是奔流不息的安宁河水给予了安宁河谷平原的人们哺育和洗礼，应验了一方水土养育一方儿女的不老箴言。有了这样一条鲜活的流水还不稀奇，哪一个城市不喜欢挨着河流呢？关键是就在西昌城的旁边，活生生有一汪硕大而清澈的名叫邛海的湖泊，面积有32平方千米，算得上四川省第二大湖，相当于现在杭州西湖的5倍还要多那么一点，而资料记载20世纪30年代时邛海面积为42平方千米，所以我们经常会听到西昌人自豪地对朋友说，邛海比西湖大多了。大是一方面，邛海的水质也经常被当地人和走南闯北的游人拿来比较，说是比"臭名远扬"的昆明滇池清澈多了，因为西昌有一个水厂是从邛海直接取水来供应给城市的居民饮用，他们会定期在当地报纸上公布水质抽样调查的结果，其完全达到饮用水的标准，让大家可以放心地使用，一些宣传文字深情地称邛海为"母亲湖"或许就和这有关系。造物主鬼斧神工所塑造的大地山川、江河湖泊，其实令人类

山、水、城相融，人与自然和谐发展（邓邦敏 摄）

"袖珍天府"的幸福指数

邛海泸山是国家 AAAA 级旅游景区（何万敏　摄）

科技文明和文化文明之外的一切奇思妙想都相形见绌，只要你行走的地方越多看见过的山川风物越多，体会就会越深。你看，恰恰就是在邛海湖畔，恰恰就是在西昌城边，开怀敞抱的安宁河谷平原上就突兀地拔地而起一座海拔 2317 米的泸山，树木成林，郁郁葱葱，松涛滚滚，众鸟啁啾，与邛海相呼应共同为渐次扩张的城市发挥双肺的功能，长年累月地调节高原山地干燥的气候，吐故纳新，与灿烂阳光和河谷风带共同给予西昌城冬暖夏凉、一年四季仿如春天般的舒畅。"一座春天栖息的城市"作为西昌的城市口号，与其说是一种宣传策略，还不如说本身就是这个城市的内在品质和科学发展定位。

安宁河流经西昌市境内的部分长85.6千米，流经18个乡镇，流域面积2460平方千米，两岸有耕地20.31万亩，人口21.05万人，历史上就是四川最著名的粮仓之一。由于平原两侧均为突起的山脉，河谷干热，全年日照时间长达2600小时，冬无严寒、夏无酷暑的气候特点，再加上安宁河和邛海丰富的水资源，这里简直成了农业资源最独特、最丰富、最具优势和开发潜力的地区。适宜农耕，就意味着适宜人居。单是蔬菜，西昌平原现在种植的品种就有100多种，当四川其他地区及周边一些省份还处于严寒笼罩之中，田野里的蔬菜还是尖尖小苗时，西昌平原出产的蒜薹、胡豆、番茄、青椒、春笋等已经带着春天的气息冲州撞府。至于荞麦和土豆、玉米和水稻等诸多粮食作物，其产量长期以来在四川都名列前茅。与粮食和蔬菜竞

西昌冬暖夏凉，被誉为"一座春天栖息的城市"（钟玉成　摄）

相生长的则是花卉，从春天到冬天，一年四季都有开不完的鲜花，无论你什么时候来到西昌，首先映入眼帘的，总是各种知名不知名的花朵。花期最长的三角梅，一簇接着一簇绽放艳丽的花朵，可以盛开好几个月，开得红红火火的。它算不得名花，而且还容易活，用手去撇下枝来，插进湿润的土里并注意保持一定湿度，埋藏在泥土里的枝茎便生出根须来，上面的枝干慢慢

邛海湿地是中国目前最大的城市湿地，面积为两万亩（郭建良　摄）

发叶开花，这样随便地繁衍一气，西昌的园林、绿地、大街小巷、高楼住户的防盗栏铁笼子里，到处是红艳艳的三角梅，一点不稀奇。倒是成都人来西昌很容易被红艳艳的三角梅惹红了眼，他们不辞辛劳，连花带盆地把三角梅请回成都，活还是容易活，只是不怎么开花，甚至有些干脆只是长绿油油的叶子，就是不开花，问题就出在成都缺乏阳光的照射，三角梅的红色、紫色、黄色、白色，其实都是西昌平原强烈的阳光打扮出来的颜色，太阳辣，阳光凶，光照强，叶子晒得打卷卷了，花朵正抖擞精神妖冶迷人。

毫无疑问，"天府"首先必备的要素是"自然条件优越，物产富庶丰饶"，但是，从农耕文明发展到"世界是平的"的今天，人们在充分享受经济高速增长带来的物质膨化时，反而"时空倒转"开始追求田园牧歌似的"世外桃源"，人们苦心寻找的生活方式，用现在的流行语叫"幸福指数"。

正是舒适的生存环境，孕育了西昌人的平静祥和、悠闲放松、乐天安命，这里多数茶楼联合全部农家乐无一例外响起的麻将声声，与"天府之国"成都的许多人的爱好别无二致。只是比成都人的"假打"好许多倍的是，凉山属于众多民族融洽共生、和睦团结之地，即使西昌的汉族、回族、傈僳族，生性亦有几分彝族、藏族等其他民族的淳朴善良、耿直豪爽、热情好客。西昌人乃至凉山人的这种文化个性，决定了他们经常把酒喝得大醉，然后用"话是酒撵出来"的话，掏心窝子地把他对这个世界、这个社会、这个日子、这个晚上，以及你这个朋友的爱恨情仇，半梦半醒地讲给在场的所有人听，而根本不顾场合是否合适，朋友是否有心理承受能力。反正他是幸福的，或者说他的幸福指数是相当高的。这当然是一个极端的例子，人们生活过得滋润的方式还有许多，比如午后去火把广场附近散步，骑一辆自行车沿邛海绕一圈，节假日早晨呼吸着新鲜空气登泸山，远一点就去普格、喜德泡温泉，自驾车走高速路到米易、攀枝花、昆明及云南省逛一大圈，千姿百态、生龙活虎、注重体验。

所以我觉得"幸福指数"的较高体现，实际上就是

古城，穿越历史的时光（何万敏　摄）

海河天街，梦里水乡（郭建良　摄）

以简单的生活、内心的愉悦追求"天人合一"的东方境界。

（原载2009年8月8日《凉山日报》第3版）

带我到山顶

到依洛拉达并不容易。

在大凉山深处的美姑县,依洛拉达是继侯播乃拖之后,我迄今为止所到次数最多的乡镇。大约十年前,我所供职的报社帮助扶贫定点那里,需要一个联系人,"我去吧,反正是从美姑出来的,对情况较熟"。我出生在美姑县,读完小学以前随当教师的父母亲在侯播乃拖长大,中学是去县城读的,大学毕业后到州府西昌,一晃20多年过去了,所以话虽这么说,但没想到的是,自己其实对乡村已经相当陌生了,即使挂职,每年去几趟,感觉也只是名誉上多了一个"依洛拉达乡党委副书记"的职务。我对乡村的陌生亦同山里人面对我时的拘谨甚至自卑。的确,依洛拉达其实就是一个普通的乡，无论农业生产还是地理风貌，没有太多特色，并且多数山民的生活只能以"贫寒"二字来形容。全乡总面积24.27平方千米，有尔合、依觉、且莫、库莫、母觉5个行政村，村下设有27个村民小组，这些基本数据都记在采访本上，许多乡村风景则被我随手拍成照片储存进电脑，但是，情感上或者理解上，乡村却仍是模糊的。

依洛拉达距县城18千米，很近。从州府西昌到依

高山上，彝族人的家园（何万敏　摄）

洛拉达当然远很多,它在一条省级公路线快到县城的地方分路往山上上了。"它在路上",前任乡党委书记达则阿铁第一次告诉我乡所处位置的时候,叮嘱我注意分岔的路。他说的话很形象,仿佛依洛拉达不是具体的地名,也不是静止的,而像一个行走着的山里人,奔走在路上。这样的印象在我从车窗里看依洛拉达乡的时候找到了,那里在我印象中除了夜晚满天星斗的静谧,也就是人们阳光下劳作和雷雨天奔跑的动感韵律了。穿越昭觉县在俗称"大桥"的洛俄依甘乡进入美姑县境,沿美姑河向北刚过牛牛坝乡再向东行驶。从一条小岔路蜿蜒而上,短暂的10千米,却是一个漫长的盘旋爬坡的历程。依洛拉达的彝语意思就是阴山中的水沟。汽车开始艰难行进在被河水切割的高山峡谷中,依洛拉达则在更高的山上。

眼前是逐渐隆起的巍峨大山,一旁的河流河面不宽,乱石嶙峋,河道两侧堆积的坚硬石头仿如巨大的挡水墙。全部的石头都是被暴雨裹挟泥石流从高山一路冲撞而下的。每遇雨季和冬季冰雪天气,此路便不通，换句话说，一年当中，有近一半的日子，到依洛拉达乡并不能选择乘车。冒险开车，即使技艺再高超，也可能会遇上车轮左右摇摆得不听使唤、把司机惊出一身冷汗的情况。

乡干部的选择是骑摩托车，为此，尼尼古火还特意买来一条黑胶皮做的长靴穿上。有一次载我上山，行驶到河边停下来，他忍不住叹息："路实在太烂了。"他指着胶皮靴叫我看，深及膝盖的长靴上，溅满厚厚一层泥浆。尼尼古火是现任乡书记，算是我的"直接领导"，看他愁眉苦脸的样子，我只好打趣道："不让你在乡下磨炼，咋个有理由让你升官呢！"他摇摇头，把厚实的手套取下，去河滩挑了一块片石，冲着河水刮洗靴子上的泥巴。他精神抖擞，肤色黝黑，挺拔的鼻梁和轮廓硬朗的脸庞，在蓝天下泛着油光。

更险峻的一段路还在前面。蹚水过河之后，道路更加陡峭，车头昂着，前窗向着蓝天，司机要伸长了脖颈才能看见前路，而且路面逼仄，轰着油门的车"爬行"艰难，排气管"使劲"扬起弥漫的尘烟，远远望去像

山中的小村庄，隐藏着生动的细节（何万敏　摄）

房屋和土地一起生长（何万敏　摄）

是古代一队战马正在推进，就是接连十来个急弯处也可以不按响喇叭，对面下山的车辆早已在宽阔处避让。乡干部们抱怨这样的路难行，说本来路况要好些，"是因为载重的卡车把路压坏了，坑坑包包的"。但要不是近几年国家电网建设输电线路，这段公路更没有人管。卡车装载着铁架、水泥、沙石运往高山，再由人力或背或扛或抬上山顶。当铁塔在一个个山顶和半山之间矗立，高压电线像银丝般牵连起来，数百千米之外雅砻江上水电站的电力，才得以输送至数千千米之外的长三角城市。

那些遥远的都市与山里人的生活，没有什么关系。大千世界，万种风情，精彩各自不同。本质上，凉山的彝族人与这片土地是合而为一的。你看这里的高山，高山上的村落，那些就地取土用力紧冲成土墙的房屋，与山上的泥土同色，并被高耸的树木包围着，色调是那么统一而协调。近年开始新修砖瓦房了，政府倡导的"新生活"运动——鼓励并帮助山上的彝族人改变其不文明的生活习俗，包括用砖瓦代替泥土建造他们的房屋。很快，曾经的土墙又重新回归到大地，还原为山地的颜色，待来年开春，泥土又可栽种庄稼。生长和季节轮回着。汽车又爬上几个大坡，我看见了远处乡政府驻地的两幢两层楼房和乡中心小学校鲜艳的红旗。

一天，为了拍几张彝族人修新房的照片，我得到消息后背着照相机到依觉村。村会计阿以日格是当地有名的精明人，开过瓦厂赚了一些钱，拆了，现在又开小卖部。小卖部的窗口很小，对着小窗口的一面木柜上摆满了廉价的小食品，糖果、饼干、矿泉水、方便面等。卖得最多的是啤酒，从县城批发价每件31.50元，他拉来单件卖35元，10件以上卖32.50元，50件以上卖32元。"差不多卖1000元有70元利润，小卖部每个月能收入2000元左右。"阿以日格人到中年，和我聊起来并不讳言，"因为有两个儿子、三个女儿，超生两个总共赔了3万元，除最小的儿子才1岁，其余4个都在读书，平常娃儿妈妈守小卖部"。人多，旧房子小了，修房是大事。"计划用11万元多"，请了5个帮工，每天发一包烟加生活费，"13万元巴巴适适干完"。

他也埋怨路不好走,运费高,"在牛牛坝买一匹红砖0.55元,加运费每匹0.70元,4万匹砖,还要水泥、沙石,运费不少"。

往来的车辆仍然屈指可数,偶尔可碰见载客的微型面包车,灰色,一看就知道它与在公路上正规运营的喷了绿漆的面包车不同。但如若不是遇了急事,许多人还是舍不得掏10元钱去坐,要知道,辛苦收种的土豆即使拉到牛牛坝的集市去卖,一斤也才值八九角钱。

路上的行人成了风景:有走亲戚的,更多的是人背马驮把苞谷、荞子等粮食拿到集市去出售,或者从集镇买到了生活用品和生产工具往回赶。遇到有车辆靠近,路人急忙将身子侧向一边,并用披肩的擦尔瓦遮住眼睛以下的鼻子和嘴巴,避免呼吸到飞扬的尘土;有牵马的,他会小心伸手去稳住马头处的缰绳,并轻声安慰马匹稳定情绪。此时,千万做不得的是猛按汽车喇叭。"有一次,一个卡车司机没有经验,按了刺耳的喇叭声,刚好那匹马是从高山上下来的,平常没怎么听到过汽车喇叭,一下吓到了,一下受惊了,一下冲到岩子下去了。哦嗬,马儿摔死了哟。"尼尼古火用极富感情色彩的话语，讲述着那次"悲剧事件"，"这下麻烦啰，马儿主人非要喊司机赔偿，司机也觉得委屈；但人家主人有道理，你不按喇叭，那马儿咋个会跳到岩下去摔死嘛。结果只得赔了几千块钱。"

尼尼古火说，一匹马赔偿几千元并不多。要知道，彝族农家有一匹马是怎样的宝贝，它既是工具，又是家中的一员。大山中的马是一种模样可爱、体型较小的矮种马。这种马既有驴子的温良憨厚与吃苦耐劳，又有玩偶般精细柔弱的外表，它脸庞较短，大眼睛、长睫毛、小嘴，还有柔软但长得出奇的马鬃。在一个仍然闭塞而不发达的农耕社会，马，还有牛、羊，包括家家都喂养的狗，其实都是生活的良伴。它们通人性，理解家庭中主人的心思。它们同属大地上的精灵。

依洛拉达乡政府驻地尔合村海拔2100米，"极度贫困村"库莫还得往山上走5千米路。因为更偏僻，这5千米路是2013年9月20日才修通的，前次彝历年我第一次去的时候，只得徒步而去。还是尼尼古火书记带着我，我们在年轻的村支书石一久林家的院坝聊天。久林相貌英俊，年方35岁，尽管只有初中文化，却在村中享有口碑。他的父亲石一达格76岁，是老支书。我说久林如今当上支书，算子承父业。久林不懂得客气地自我介绍：我2003年入党，2008年打工回来。2010年换届时，大家喜欢我，选我当村支书，我就不在外面跑了，实实在在帮村上。他所说的"帮村上"，

春天，梨花、桃花开得鲜艳（何万敏 摄）

是指他最近个人花了四五万元,帮新建房屋的40户人家把饮水主管道安装好了。他恳求道:"但分到户去的水管还没安好,就要请你们支持啰!"

到了库莫村,还没到山顶。"你看,"石一久林指着房屋背后说,"库莫村的一组、二组在上面,还有3千米。"我执意再上去看看,终于在太阳落下的金色余晖中到达山顶。我还在喘着粗气,久林又指着一座看上去不很高的山说:"再翻上后面的梁子,就看得到黄茅埂了。"

云层已开始聚集,日光顽强地穿过云层的缝隙,照射着红色的山峦以及山峦上散布的零星房屋,那些年久失修的房屋虽然简陋,仍在巍峨舒缓的山脉之上为居住的人们遮蔽风雨,并不使它质朴的温暖受到减损。画面的色度是和谐而单纯的,房前屋后置放的锄头、背篓、石磨和屋檐下垂挂的苞谷、辣椒,显得明晰、立体并充满细节。

相比而言,黄茅埂是更大的山脉,山脊南北长达98千米,属大凉山的主脉,它山势雄伟壮观,特别是其南端的主峰龙头山，海拔3724米，高大险峻，时常云雾缭绕。它的美名无数次引起我的遐想，我无数次在心底对自己说，我想到那山顶去……

（原载2014年1月24日《凉山日报》第7版）

冬春的日子

山中的桃花总是要开得更红一些——毕竟，高原上的春天与平原上的春天相去甚远——山野间的春光总会给人更加明媚的感觉。海拔越高，春天来得越晚；光照越烈，花朵开得越艳。但我的双脚还是稍嫌迟疑，当我背着摄影器材气喘吁吁从这个村庄赶往另一个村庄时，桃红的桃花瓣，几乎与我按下几十分之一秒甚至上百分之一秒的相机快门时间同步，缤纷飘落。在春风的狂野中，洋洋洒洒，煞是迷离。

桃花接近尾声的时候，白色的梨花正迎头赶上，而且大多数梨树长得比桃树高，绽放的白梨花很快盖过了红桃花的风头。梨花几天时间就把一棵树缀满了，鹅黄中隐隐含一点绿色的嫩叶，随即伸出头来衬托白色的花朵。荒芜了一个冬季的大地,像被刚从塑胶管里挤出来的颜料新鲜明快地涂抹了。一条河边亮了,一片山沟活了,一个村庄热闹了。

时间无一例外地改变着一切。被时间改变的景观激起了我的愿望。3月份的最后几天,我在美姑、昭觉、越西、喜德、冕宁等县,大致在北纬28度一线,穿乡过镇:农作、牛牛坝、洛俄依甘、庆恒、竹核、库依、比尔、央摩租、保石、竹阿觉、依洛地坝、普雄、斯基、大瑞、中所,冕山、泸沽、漫水湾,一路看见乡村的名字,我总会瞥上一眼,记下诗意的地名。除了村庄附近,田野仍然空旷。5天时间,562千米,超过从西昌到成都的距离。

阳光很毒,我眯缝着眼睛,顶着依洛拉达高山上强烈的紫外线。西昌已有28摄氏度的温暖,这里至少要减去一半。可到下午,立马风云突变,气温骤降至零下4摄氏度。傍晚时分,猝不及防的我已被冻得瑟瑟发抖,连忙驱车躲进县城宾馆的被窝里,紧闭着房门把寒气挡在门外。

顺着河谷缓慢爬行，坑坑包包的简易乡村公路，把越野车折腾得摇摆不定，像是汪洋中的小船遇上了暴风骤雨。几年前我自告奋勇作为凉山州级单位定点帮扶依洛拉达乡的联系人，从此与这个贫困的地方有了难解之缘，并多了一个乡党委副书记的身份。遗憾的是我为这里的父老乡亲们所做甚少。我因此也懂得了一个人面对自然困境是多么力不从心。我只是喜欢听到与乡政府仅一墙之隔的学校里孩子们琅琅的读书声。

好像放学路上的时间才是他们一天中最快乐的时光，他们三五成群，谈笑风生。那天下午乌云遮盖住的天空，零星地飘飞着雪花，我看他们也穿得单薄，当然有孩子流着鼻涕，却浑然不觉，单纯地喜悦着而遗忘了寒冷。几个小孩子的后面，从身高便看得出来，是一个高年级的学生，边走边拍着一个和地上的泥土一样颜色的篮球，篮球上"NBA"的字样依稀可辨，他拍篮球的技艺非常高超，因为在坎坷不平的路上，一不小心篮球就会如一个滚石般滚落山下。

雪落下来，掩不住春光。"哦，有时候5月份这儿都会下雪。"乡原党委书记达则阿铁说。他是尼尼古火的前任。他个头不高,头发微微有点卷曲,发际下展现出额头的皱纹。他始终站着和我说话,烟不离手,声音喑哑:"这样,还是把小猪儿一个杀来吃了再走。"杀小猪款待客人以示热情好客是凉山彝区的民间礼仪。这样的小猪儿一般在40斤左右,因为是散放而不是圈养的,被戏称为"运动猪"。他们手脚麻利,从宰杀到把香喷喷的肉端上桌,也就一个小时的功夫。猪肉砍成坨煮熟,撒点毛毛盐,也有还伴以海椒面的,肉嫩,肉香,算得上美味佳肴。但我颇感为难,如果每次来他们都破费,也会是一笔不小的开支。"算了,你们把它养起来,"我和乡干部们开玩笑说,"等它长大了,我们还可以多吃几坨肉呢。"

就传统而言,越是远离繁华都市的偏远乡村,彝族人越是沿袭着古风,从穿衣戴帽的服饰到对生产生活的态度与精神,乡村面貌的改观依然是缓慢的,但肯定不再是一成不变的。比如靠近公路的地方,过去泥土冲墙、木片作瓦的民居已经被青瓦盖顶、烧砖砌墙、再抹灰浆并刷白的新房所取代,新村建设最近两年如火如荼地改变着乡村的面貌,从交通方便的地方向着纵深推进,季节也是按照这样的顺序蔓延而去,不可阻挡。

从天而降的雪沉默地飘落在黑夜里,把黑夜点亮了,也将早晨提前拉出来。寒冷而清新的早晨,我从富龙宾馆5楼推窗张望,近处的楼群与远山都铺满了白色,雪层恰到好处,既没有遮蔽景物的轮廓,又使景物的色调相当和谐,灰蒙蒙的山峦层叠出深邃的空间感,静谧的村庄周围挺拔直立的杨树,包括杨树巅的两个喜鹊窝也显得十分安静,没有喳喳的鹊鸣。时间停滞了。故乡就在时间的深处。自己的呼吸也停滞了,觉得自己轻得只剩下一双眼睛。

去看吧,去看吧,"更远的地方/从来是厚厚的/雪纤尘不染",彝族诗人阿苏越尔似乎偏爱冬天,"唯有雪穿过寒冷之翅/在石头和鹰的头顶盘旋/我们齐声朗读神灵",诗人以他敏锐的眼光,感性地把握精神的神话。这或许正是冬天带给写作的好处,冷静的日子会把思绪带向更远的远方。那些天,阿苏越尔忙着筹备越西县第二届油菜花节,熬更守夜,千头万绪,但还记着用手机发来短信提醒我的行程。我则小心翼翼地行走在埂则村蜿蜒的乡村小道上,生怕冒失的脚印玷污了洁白的新雪。在美姑县城头顶一幅静止的画面中,我们是几个踽踽移动的影子。埂则村就在县城巴普镇背后的山上,从这里俯瞰不大的县城,全景尽收眼中。县委宣传部新闻干事萨古曲惹跛着扭伤未愈的脚,边拍照片边回忆说:"今年冬天的雪比往年的大,几场雪都大,把啥子都瓮完了,剩下的只是一张白纸。"而这场大雪竟也寄托了悲凉的意思,当天下午影视剧作家黄越勋摆脱了4年的重病,在西昌永别了朋友。这位曾创作出《大凉山传奇》和《冷箭》等影视剧的文化名人,早年同样是一位诗人。论者有言,诗歌可以看出一个人语言和思想的极限。诚如他所说,我不靠学问写作,经历过太多磨难,对朋友真诚,珍惜情感。

雁过留声,大雪无痕。路不会都是平的,更不会都是直的。尽管车辆稀少,我们的车行驶在乡下的道路上也快不起来,因为走不了多远就会遇上一些事情——

满载红砖的拖拉机横亘在路中央等待卸完，去放牧或者牧归的牛群羊群并不怕刺耳的鸣笛惊吓悠然而行，一位上了年纪的老乡喝醉了酒站在车面前，一只手里攥着零碎的钱币一只手招呼你也给几块。通常的情况是，公路总会沿着河边延伸，只是在冬春的旱季，河流几乎都干涸得坦露出河床。山高坡陡，峡谷纵深，间或有几片树林，撑出新绿，才仿佛提醒着大地，农历上的春分都过了，这该是属于春天的日子。

到了越西坝子，春天终于迎面扑来。一片让人震惊的黄色，衬着粉墙黛瓦，如诗如画。县城前端的中所古镇，背倚秀美青山，清流抱户穿镇，油菜花已经盛开，在微风中轻轻摇醒春草泛绿的大地，花香四溢。油菜花节那几天，主办方带领与会嘉宾从这片花海走到那片花地，喜笑颜开地自诩是一群不知疲倦的蜜蜂；主人还邀请几位刚获得选美荣誉的彝家美女做模特，她们身着盛装，略施粉黛，在一片片黄色的前景与背景中，浅笑还羞，顾盼流连，着实忙坏了围着她们转的摄影师。春天的花朵成了陪衬，洋溢的青春美过花朵。

有时候,我把摄影和写作视作雕刻时光。写字的人当是一个快意恩仇的人——我希望自己善良,更希望自己聪明——隐约记得当年王小波评论这两种美好品质的话。从大地上划过的光影,是不可复制的场景。那一刻,"决定性的瞬间"(布列松语)完成了记录,并可能成就某种永恒。季节周而复始地在各地呈现不同的侧面,搅乱了时节本身。桃花红、梨花白、油菜花黄,还有布谷鸟的声声慢,这些能够判断季节的造物在城市里都是稀罕的。不稀罕的是,上涨的物价,"瘦肉精"催大的猪,呕吐着污秽尾气拥堵于大街的"铁马"。城市的傲慢,咄咄逼人,远没有乡野来得淳朴。只是匆忙的脚步,为生计,为糊口,为证实自我存在。找机会我仍然会鼓励依洛拉达乡校园读书的孩子,长大后要去城里闯荡,即使碰壁,抑或卖苦力,也要努力让梦想照进现实——本来,如今的一些村落,年轻的壮劳力都奔赴都市打工而去,村庄已远,季节亦淡。

(原载 2011 年 4 月 15 日《凉山日报》第 7 版)

洒拉地坡的春景

沿省道 S307 公路从西昌市到美姑县的路上，越野车跑起来像拉不住缰绳的野马。途经昭觉县一个叫洒拉地坡的地方，我总是会顾盼流连，多好听的地名，多么充满诗意的地名。彝语"洒拉地坡"的意思是富饶的坝子，但这里已经地处高原上。说是高原，其实这一片地势相对平缓，近处是平缓的坡地，地边是彝家人的村庄，远处的丘陵密布着连绵的树林，背景才是更高的山峦，山形的外轮廓并不夸张，因为与蓝天衔接，它只是比与它衔接的部分蓝天颜色稍微深一些，以示那一脉山的存在。道路依山势蜿蜒，目的是要甩开山的困扰到另一片更加开阔的土地，那一片更大的坝子上因为建筑有许多钢筋水泥凝结而成的高楼大厦，被称为城市。

此时已经是一个春天的傍晚时分。村庄,以及村庄附近的山地上,梨花在开,桃花在开。梨树、桃树并不成林,而是这儿一棵那儿两棵地长在某一块土地、某一山坡或者某一片洼地之间,白色的梨花、粉红的桃花在开着,被刚刚翻出赭石色松土并撒了一些农家肥准备春种的土地和远方山丘上正吐露嫩绿的茂密树林相互衬托,逆光中迎着越来越暖和的山风摇曳树枝,精神抖擞地向着明净而高渺的天空伸展。

印象派画家塞尚画过这样精彩的油画。穿梭时空,这里简直就是法国南部从贝尔维所见的圣维克托山的风景,眼前的一切景物都浸沐在暖黄色的光线中,温暖、感动,而且稳定、坚实。梨树、桃树像是把大地点燃了,白得透明,红得耀眼,树枝投下的长长影子,呈现出清楚的图案,又有宽广的距离和深度。

我完全为这样的美景着迷。一直以来,凉山的风景对我来说都是一个深邃的谜,解开谜底既需要时间更需要心智。多数时候,在一些地图无法企及的地方,乡村风景更加吸引我的视线,更能激活我的灵感。饱晒高原阳光，看过山明山暗，花开花落。而在波动的金黄色之中，大地上劳动或者行走的人们，肌肉结实而灵活，皮肤呈现为健康的赭红色，与大地的底色一致。

数十年前昭觉县曾经是凉山彝族自治州的首府。我看过有关昭觉的最早的照片，是堪称摄影大师的庄学本先生在1938年拍摄的。尽管是在大凉山腹地，昭觉也和那些汉族人把守的城市一样，有结实而厚重的城墙围裹，在冬日的阳光下，身披披毡的彝族人席地而坐于城墙下，悠闲地晒着太阳，而城门洞因为阳光的阴影显得深不可测，只是从一角的光照看得出，木制大门似乎紧闭未开。据庄学本简要的笔记，"昭觉城建于1901年，城的直径只有一百几十米，民间用'一灯亮四门'形容它的小。当时城内居民仅有几户，共几十人"。还有那些裹着头布的男子、练习弓箭的武士、田间的妇女、盛装的新娘等照片，没有标明确切的地理位置，让我们可以认为这些是在凉山任何地方拍摄到的场景。而且，凭一种模糊的直觉而言，他们几乎没有那一个历史时期代表性的标记。我是想说，在高原气候恶劣、土地相当贫瘠的自然条件下，劳动的人们，辛苦生活的农民，耕作土地收集洋芋、荞麦、玉米，需要付出无止境的艰苦努力。农民阶层离不开土地的朴素事实，使任何衍生在这块土地上的传奇与浪漫，变得混浊不清而无关紧要。

广袤的凉山其实和其他许多地方一样，农民才是这块土地上为数最多的群体。由农民耕作的农耕生活和少量的放牧生活在上千年的历史中都是相当重要的部分。即使今天，农业区域仍然占到土地面积的大多数。对于凉山占大多数人口的农民来说，村庄更是他们日常生活的中心和重点。那么，因为拥有定额的经济收入正变得逐渐殷实而感到快乐的城市人和还有相当数量的生活贫苦、日子艰辛的农民群体，本质上感情和灵魂互有关联，并且应该是共为一体的。

但我们真正理解群体、阶层、民族、文明吗？相似的情境发生在各个历史时期并不鲜见。以"东方学"著称的爱德华·萨义德清晰地评析过历史与现实图景。他抱怨，西方人似乎从来就没有试图真正理解过东方。

从福楼拜笔下的历险故事，到"9·11"事件引发的剧烈冲突，无论过去的英国人，还是今天的美国人，他们中的一些人依旧活在无知与幻想之中——东方要么意味着苏丹后宫中的绝色美女，要么是一群被现代化进程抛弃的愚昧而狭隘的暴民。这也是今天的中国在崛起的过程中无可避免将遭遇"傲慢与偏见"误读的根源。

无论富庶还是贫瘠，春天总是会来到每一片大地，来到每一个人的故乡。人们甚至都感觉得到，是流动的风把春天的花朵吹开来。任何一种文明都如此，倘若失去了融合与流动的精神，它最终会变得固执而僵死。况且，在一个"世界是平的"的全球化时代，不同历史、文化、理想积淀而成的文明，恰恰是丰富彼此生活与精神的养料。

被木犁刚翻开的赭红色土地，即将播种洋芋、荞麦、玉米的土地，盛开着白色梨花、粉红色桃花的土地，蔓延在一条铺着黑色柏油的公路两旁。土地上的农民吆喝着黄牛正扶犁耕作，放学了的少年赶着羊群，羊在种植着畜草的草地上享受这一天的最后晚餐，劳累了的妇女撩起上衣为爬在地头玩耍已久的婴孩喂奶……大地充盈一种秩序感和恬静感，甚至大地上的线条也与此相呼应，增添了整个景致自然的和谐感。阳光照射着农民，照射着土地、种子、耕犁和铁锄，而他们身上的光亮也都回射给太阳。最终人类也会像一粒种子掉进土地，就像人们播种时踩着松软的土地，土地也会黏附在双脚上并向上流进身子——万物都在节奏中协调。

（原载 2009 年 4 月 4 日《凉山日报》第 / 版）

古道苍茫

宁静与僻远的山峦莽莽苍苍,羊肠小道隐现于荒野与庄稼地中,泛着诱惑的光亮,浮现出无尽生机。探望交错绵延的崎岖之路,很难猜测路的去向——它会把奔走的人牵引向哪个村落,哪一种生活?哪一条又是牛牛坝古道呢?每当踏上牛牛坝,我总会热血沸腾地追问,脚下这条路,即是无数先民踩踏渐成的古道吗?

牛牛坝的名气,有凉山彝族传说及《送魂经》《招魂经》记载。彝族从滇东北迁徙至凉山,从云南永善县的大屋基渡过金沙江,沿美姑河而下,到达凉山中心地带的利美莫古(今美姑县)。在牛牛坝,彝族两大支系古侯向东、曲涅向西,沿着不同的方向散居在大小凉山上。尽管走得艰辛,古道,却联系起先民的生命。

举目凝望，牛牛坝无疑是关隘要地。格俄巨普山、尔曲合普梁子、曲补沃切山高耸分峙于北、西、东三面，唯有南流的美姑河段自成逼仄的峡谷。相传一名叫牛牛的彝族妇女，最先定居此地，而此后，匆忙的过往行人多在此歇憩，她的名字就成了难忘的地名。

重要的是人。一段古道竟没有被记入史册的幸运。

没有残垣断壁、废墟遗迹。它只存在于一代又一代人的脚下。

如同一条条的路，牛牛坝在我心底的分量，潜隐于漫漫的生命历程并积淀饱满。或许这不同于后来采风的艺术家，他们把牛牛坝拍得美轮美奂，印制于精美画册中。我不敢轻言牛牛坝不美。整体而言，它融入了凉山的美，不张声色，却常常诱惑着有心人犹入梦境。我无数次地穿越了牛牛坝，它成为我生命旅程的中转站，伫立于我生长的侯播乃拖与美姑县城之间。我走过许许多多的路，这条路却是我人生中最富有意味的一段。沿着蜿蜒绵长的小路，稚嫩的脚步踽踽而行。被山风吹拂和骄阳照射的通红脸庞，不知什么时候沾染了泪水，可谁提了牛牛坝，勇气霎时倍增，走得气喘吁吁，像是山里的彝族人。

喘着粗气翻山越岭，往后才隐约感觉到生命一定与层叠万变的自然有着某种神秘的契合。大凉山腹地古拙雄浑的风景，焕发着斑斓深邃的迷人光芒。尽管一切都是默默的，即使连渣洛河与美姑河两河交汇，峡谷间只应起一阵短暂的和声。世界的浩瀚如相连的群山永无止境，民族个体的时空融入地域与国家的历史时空，围绕这条静悄悄的历史古道，一切遥远的事物都是那么陌生……

勇武的布鲁克站立在寒风刺骨的牛牛坝，豪情澎湃。这位英国探险家晒着冬季12月的冷太阳，竟暂时忘记了高原的冷峭。他眯起仿若大海浸淫的蓝色眼睛眺望时，不知内心是否荡起孤独的恐慌。那时他已完成了对西藏的探险，和另一个英国人从云南到达宁远府（今西昌），开始穿越彝区之旅。他几乎是马上把那位不愿冒这次探险的伙伴留下，带了16个汉族民夫踏进彝区。他不找保人，自己背驮着沉重的粮食与帐篷，走到了牛牛坝。其时为1908年。

清末，居住于西南各地的彝族，由于所处地域不同，社会发展水平很不一致。在四川大凉山、川滇交界的小凉山腹地，保持和发展着黑彝家支统治的奴隶制社会结构。在这种社会结构下的彝族共同体中，存在着严格的等级界限。在牛牛坝，诺合（黑彝）赶走了兹莫（土司），分割霸占了土地，各自为政统治着曲诺（白彝）和节伙（奴隶）。

某个地区越是难以接近，人们就越是想要靠近它、了解它。在20世纪初，亚洲探险达到"白热化"时期，随着天主教渗入中国西南，居住在云南、贵州、四川、西藏一带的彝族、苗族、藏族等"未开放"民族的领地，被欧洲人视为最危险的地区。

远渡重洋的布鲁克终于抵达牛牛坝，增添了他昂扬的志气。他要去新的地区探险，逆着连渣洛河北上不久，事态就发生了变化。阿侯家的一个黑彝，几次向他索要那支引起众人惊羡的手枪，都被他拒绝。黑彝用刀相威胁。他把那个勇扑上来的人和其他彝民都杀了，然后就仓皇逃窜，但彝民们追踪而来，他躲进一户人家，打完最后一颗子弹，打死了十二个彝族人。当然他也没能逃脱死亡的厄运，他的十四名同伴也被杀死。只有两人活了下来，被俘为奴隶。后来两人双双逃出，从他们嘴里事件的详情才传开。

1908年3月，法国多隆探险队队长多隆少校曾在云南与布鲁克见过一面。"他好像理所应当地，并且不想让我们知道他的计划，向我们索要有关穿越彝区的一些资料，我很痛快地给了他。"多隆回忆说。骄傲的多隆此前渡过金沙江，从会理北抵宁远，顺利穿越了"彝族禁地"——昭觉、美姑、雷波，再过金沙江到达宜宾城，历时一年半。

尽管英国政府为布鲁克之死提出抗议，但中国清政府拒绝承担全部责任。唯一能做到的是约定如果送还这个不幸探险家的遗体，要付报酬。此事只好委托给英国总领事。据说，当遗体被运出彝区北部时，其头部则是从东部的马边县运出的。

但次年10月，清政府调集五千士兵于25日会师牛牛坝，下令彝民交出凶手，清军退兵。

多隆回到他的国家后，于1911年出版了一本书，名为 *Pierrelafitte & Cie*，几十年后，这本书终于在1999年被翻译成中文《彝藏禁区行》与中国读者见面。

20世纪最初的年代，是资本主义在全球范围内极度扩张和"欧洲中心论"甚嚣尘上的年代。我从多隆"戏剧性"的记述中，窥见一页历史暗影的沉重。

拂动尘埃的风，历久经年，把那些岩质坚实的崖壁剥落得凹凸嶙峋，布鲁克的东方理想更是跌落为一滩泥土，在彝民们接踵的步履下荡起尘烟，随风飘散。历史肯定有多样的版本，我坐在几位老人身旁，企图从他们悠悠的记忆中探寻哪怕些微述说，我想他们述说的将是另一个激昂的故事。可老人们自顾在火塘边吧嗒兰花烟。他们说，有什么好讲的呢——关键是，他们说的话我们根本听不懂，而我们说的话他们也未必能理解。映着火光的眼前只是无声的青烟和斑驳土墙上的身影，他们终究也没有告诉我什么。面对迷惘却深邃的眼睛，我相信并理解这份缄默。大家把酒端起，又拉起其他的家常。

天然质朴的情感，孕育于得天独厚的自然环境，早已固化为一种如宗教或艺术般的传统。他们不必迅速地去理解和向往自然之外太遥远的事物。他们没有深深的不安，在缓慢的自然经济中承传他们由大自然锻造的古朴感情。

无论人们对凉山投以欣赏的眼光还是狐疑的眼光，凉山都是厚重冷峻而神秘莫测的地方。许多人对它的"认识"局限于一种想象之上，并且形成两种迥异的分野：一种是被浪漫诗意装饰显得过分美丽的想象；另一种是披裹狭隘历史偏见乃至仇视的丑陋想象。问题的症结，出在缺失平等的信念、理解与信赖的准则。自尊的人类不会都认识自己，整个人类都需要时间来审视自己。历史上或许还有其他探险家和冒险家悄悄地来到这块隐秘之地，置身靛蓝的天空下，固执与傲慢、信念与毅力，都随白色的云团繁衍膨胀。从这点上来说，那些形形色色的外来者与根植于高原山地的彝民应有相通之处。谁知，在曾上演过一幕幕轰轰烈烈正剧和悲喜剧的牛牛坝，只留下纵横的小道。依恋土地的彝民一茬一茬收割着苞谷与荞麦，旷野稀疏的枯草摇摆着又野花遍地。

早晨的山野在薄薄的清冽中一片寂静。

橘色的太阳从山梁后露出脸来越升越高，西边的山一层一层地被东方的阳光染红，眼前的一切也开始变得越来越清晰，越来越亮堂，越来越温暖。温暖的阳光穿过瓦板房的空隙射进屋中。晶莹的露珠仿佛睁开眼睛的精灵，鸡鸣狗吠闹醒了村庄顶上的袅袅炊烟。

新的一天又催促着我，踏在了路上，在裸露的阳光下穿行，感受着凉山深处的魅力。

（原载 2001 年第 8 期《滇池》）

寻　路

　　几次走访登相营，都遇到下雨。最近的一次是2013年9月1日，星期天，中午时分，一天的雨忽大忽小，没有撑雨伞，我跟随小胡从城门走进唯一的主街。两旁是低矮的土墙青瓦房，一些墙体的下半截用石头堆砌而成，其上的土墙因此显得稳固。只是看得出来，历经风霜雨雪，墙体表面的斑驳和脱落，默默沉积着时光的印记。有几户人家的房屋，则在外围砌起来高过一人的围墙。已经没有多少人居住了，即使置身其中，本该是一段热闹的时候，登相营里也十分安静，连一丝鸟鸣都没有。

　　如果不是四周显眼的城墙，这里就只是一个小山村。从喜德县往北方越西县方向编号为"S208"的省

驿站的城墙，斑驳而邈远（何万敏 摄）

登相营驿站始建于明代初期,最初只有几户原住民在此以经营小客栈为生(何万敏 摄)

道,在一旁爬升,由于长期路况较差,那些载重大货车几乎是咆哮着吃力地驶过。与此喧闹相呼应的是,离此地约50分钟车程的冕山镇,热闹非凡。一个丁字路口,把去喜德县城和越西方向的车辆和人们分流开,成了当地人称为的"交通枢纽"。

传说,大名鼎鼎的诸葛亮南征时途经此地,并在此驻扎军队。他迎风而上,背着左手,伸出右手细心捋着下巴的胡须，疾步登高检视军情。登相营故此得名，当地人也称登相营石城、登相营古堡。

遍寻各地，传说毫无来处。史书上写满的是历朝历代的大历史。

成都是南丝路起点

成都，四川省的首府，这里自古气候温润，物产富饶。

2012年7月至2013年夏，成都地铁二号线正紧张施工。在成都天回镇老官山附近，工程修改线路时，工人偶然发现一处墓葬。成都市考古研究院的工作人员闻讯，立即展开抢救发掘，发现4部汉代织机模型和十多件彩绘木俑。从其摆放的造型可推测，这是对汉代蜀锦纺织工场的实景模拟。

这4部织机模型，其中一部织机略大，高约50厘米，长约70厘米，宽约20厘米；其他3部略小，大小相近，高约45厘米，长约60厘米，宽约15厘米。据推测，它们应是参照原织机制作的"迷你版"织机。工作人员根据这些木俑与真人的比例，测算出织机长3米多，宽、高各2米多，体积近乎一个小房间大小。这是我国迄今发现的唯一有准确出土地点的完整的西汉时期织机模型。文化部非物质文化遗产保护工作专家库专家王君平查看文物后确认，这是具有提花功能的丁桥织机模型。

这个发现意义非凡。"这有力证明了汉代的蜀锦织造之发达。再结合丝绸之路上出土的大量蜀锦，说明当年丝绸之路上最优质的丝绸，就出自成都。"成都市考古研究院院长王毅说。

早在20世纪40年代，云南学者就曾发现从四川到云南再到缅甸有一条通商古道的存在。但这条道路何时兴起、从哪里出发，只是历史文献上略有记载。直到20世纪80年代，四川学者开始研究地处西南的四川如何对外交流时，才发现史书上记载的通商古道和考古发掘频频发现的西南丝路古道惊人重合，一条从成都出发的千年古道渐渐清晰。

2004年年底,成都邛崃平乐镇骑龙山山民在修一条前往骑龙山观音庙的道路时,无意间挖到一块巨大的鹅卵石。大家觉得很奇怪,因为骑龙山从来不产这么大的石头。消息上报后,成都市文物考古队的队员们前往勘探。当年参与发掘的刘雨茂回忆,当时古道被覆盖在六七十厘米的土下,竹子、杂草丛生。大家小心翼翼地把树苗和竹子移栽后,才开始挖掘古道。近两千米的古道,挖了整整半年时间。

南方丝绸之路,仿佛还回荡着那时的马铃声(何万敏 摄)

但是惊喜随之而来。队员们发现这条古道不仅有进出口环形道，还在清理最下面一层红色沙石路挡墙时，发现一枚古代钱币。这极可能是古人骑马颠簸，不小心掉落所致。而拂开层层泥土，大家发现，这条路在汉代是羊肠小道，但是到了唐宋时期，就改用小型鹅卵石铺就了，有些地方甚至铺上石板，可见有人对此进行过维护。

这种古道，在最近几年频频被考古人员发现。在成都新津县金华镇，残余400多米的金华古道至今仍在使用。这条宽约两米的古道，中间由沙砾铺设，两旁的人行道由红花石铺成，车辙痕迹历历在目。在大邑斜江村，则发现过若干块"晋原第一石乔"字样的青砖，因为丝绸之路经此干系甚大，所以才会出现由政府出钱官建石桥的情况。而在蒲江、雅安、汉源、甘洛、越西、喜德等地，都能见到至今仍保存下来的南丝路古道。其中又以2004年在荥经发现的《何君阁道碑》最为重要，这块东汉光武帝时期所刻的道碑，证明荥经就是西南丝绸之路的重要关隘。

张骞听闻有一条"秘密通道"

我供职的单位在西昌古城的中心，走不了几步，就是古城往昔最为繁华的四牌楼所在。当然，曾经辉煌一时的四牌楼早已灰飞烟灭，和许多小城故事一样，今天的古城往往意味着凌乱而衰败。出门即是北街，向南经过一个十字街口来到南街，穿过大通门就算出城了。记不清多少次，我从城门洞下经过，往往产生一种"时空穿越"的奇妙感觉。我知道，曾几何时，凉山往往被一些人视为"不毛之地"，是封闭、落后、野蛮的象征。殊不知，由于它所处的特殊位置，偏居中国西南，在地理上却是内地与边陲的一个交会点，也是东方文明与西方文明"最早"的碰撞点之一。在这个点上的西昌城，从古至今是许多条驿道、马道、公路、铁路的要地，它自然充当了部分中原人向南出入云南，并再出入老挝、泰国、越南、缅甸、印度等东南亚、南亚乃至西亚国家的地方。

事实上，我文字中表述的"点"并非单个数字的实指。借用历史学家许倬云的眼界，汉朝"开发西南地区有一个特殊现象，就是行政单位叫作'道'。道是一条直线，不是一个点，也不是一个面。从一条线，慢慢扩张，然后成为一个面，建立一个行政单位……汉帝国的扩充，是线状的扩充，线的扩充能够掌握一定的面时，才在那个地区建立郡县"。

尽管横断山的东缘群山叠嶂、江河湍急，形成重重阻隔，但对外界事物的好奇一直是推动人类持续寻路与探索的原动力。只要你有过在连绵的山峦或者无垠的旷野目睹道路网络般的延伸的经历，你就会对此深信无疑。

早在汉武帝元光六年（前129）唐蒙通夜郎时，西夷邛、筰之君长就自愿比照南夷请求归顺汉朝。《史记·司马相如列传》记载：

> 天子问相如，相如曰："邛、筰、冉、駹者近蜀，道亦易通，秦时尝通为郡县，至汉兴而罢。今

街巷里流传着多少传奇的故事（何乃敏 摄）

诚复通，为置郡县，愈于南夷。"天子以为然，乃拜相如为中郎将，建节往使。……司马长卿便略定西夷，邛、筰、冉、駹、斯榆之君皆请为内臣。除边关，关益斥，西至沫、若水，南至牂牁为徼，通零关道，桥孙水以通邛都。还报天子，天子大说。

从司马相如和汉武帝的谈话中知道，邛都（西昌）、笮都（沈黎）、冉駹（汉嘉）这一条路线，秦时就已经设置过郡县，道路也曾相通，是秦末农民起义后，群雄割据时无人过问，这才放弃的，现在要恢复它，比通南夷容易。后来，司马相如出使西夷果然如其所言，即在邛都设置了"一都尉，领十余县，属蜀"。邛都的开辟与之同时。

而当张骞听闻"大汉帝国"有一条并不知晓的"秘密通道"时，还是大吃一惊。

背负着神圣使命的张骞，公元前139年第一次出使西域，准备联合大月氏共同夹击匈奴，由于环境的恶劣和经验的缺乏，他在茫茫大漠中迷失了方向，并不幸被匈奴俘虏。惨遭扣押十余年后他才成功出逃，来到大月氏，但此时的大月氏已经迁移到土地肥沃并且远离匈奴威胁的地方，因此不愿与大汉共同夹击匈奴。失落的张骞只好离开大月氏，并顺道游历了大夏国（今阿富汗北部）。在大夏国的一位友人家做客时，张骞意外看见了"蜀布"和"邛竹杖"，他仔细询问主人，得知这些东西采购自身毒（今印度）。身毒的位置在大夏东南数千里，风俗与大夏接近，地方湿热，毗邻大河，当地人以大象作为战争中的坐骑。这些商品原产自中国，又怎么会从身毒贩卖过来呢？他满脸的疑惑，思来想去……

汉元狩元年（前122），终于归来的张骞向汉武帝报告了这条激动人心的消息。他估计，身毒距离四川并不远，而且比受匈奴骚扰的丝绸之路也更安全。

《史记·西南夷列传》这样说道：

> 及元狩元年，博望侯张骞使大夏来，言居大夏时见蜀布、邛竹杖，使问所从来，曰"从东南身毒国，可数千里，得蜀贾人市"。或闻邛西可二千里有身毒国。骞因盛言大夏在汉西南，慕中国，患匈奴隔其道，诚通蜀，身毒国道便近，有利无害。

汉武帝于是将扩张的战略转向了西南，打通蜀身毒道，则可以开辟一条新路通往大夏，进而遏制匈奴，断其"右臂"。另一方面，道路修通后可以将中原文化向更远的地方传播，开疆拓土，巩固边疆，使天子"威德遍于四海"。

同年，汉武帝就由四川派出了四支部队，寻找通往身毒的道路。但是，四支部队都受到周边被称作"西南夷"的部族阻挡，无法向前。他们经常被部落首领们问到一个相同的问题——"汉孰与我大？"

寻路受阻，使汉武帝认识到要打通道路必须先收服西南夷诸部族，于是汉王朝连续向西南用兵，先后建立了武都、牂牁、越嶲（今作越西）、沈黎、汶山郡。在西南夷地区设置与中原所不同的边郡，分别对其首领和各级酋豪授予王、侯、君、长等称号和印绶，并赋予他们掌治其民的权力。为了实现对西南的有效控制，汉帝国重新整修了秦朝的五尺道，并向南经昭通、曲靖抵达滇池，把四川和云南现在的昆明地区连接起来。除此之外，由蜀往西南下有一条早已存在的古商道，称为灵关道（零关道），大约是从今天的成都出发，经双流、新津、邛崃到雅安，向南经汉源，过甘洛、越西到达西昌后继续南行，从会理西南渡金沙江，过云南大姚、

天然质朴的情感，孕育于特殊的地理环境（何万敏　摄）

姚安、祥云抵达大理。

五尺道、灵关道，包括永昌道连在一起，便共同构成了蜀身毒道的国内部分。

循着南丝路古谙而进，会发现西昌是安宁河流域串珠状盆地中最大也是最重要的一块盆地。每一处盆地所在，都形成了一些或大或小的聚居区。这片肥沃丰饶的宽广河谷，自古以来就成为南来北往人群的天然良好通道。汉王朝鼎盛期，经营西南夷的前哨就在邛都（西昌），古邛都县就在城东南约1千米的大坟堆村。如果从遗址的土台上瞭望，可见到邛海向东南延展，海滨村落散建在低平的水边沃土之上。

西昌作为城市诞生的历史就这样可以追溯到汉代。但它实在是一个遥远的地方，一个在中国西南方向的天空下面目模糊的地区。

西昌，是这一条古道上的重镇。如今明建昌城基本保存完好。考古实测，建昌城的4面墙为砖石建造，以条石垫底再砌以青砖，城墙最高处达30米；城墙开有4门，北为建平，南为大通，东为安定，西为宁远，且南北、东西相互对称。除宁远门早年被毁外，其余3门尚存。城内街道依然保持明代布局，以四牌楼为中心，有北街、南街、仓街、府街向四方辐射，另有顺城街、石塔街、三衙街、什字街、涌泉街，各街之间又有20余条小巷相连，使各街巷纵横交错，构成一个四通八达的网络布局。

登相营，那时马铃声声

天空飘着雨，云雾也遮掩了北麓高耸的小相岭。在97岁的王青美老人越来越模糊的记忆里，登相营里的上北街和下北街好似一条扁担，两头挑起了她人生中炽热的青春与从容的晚年。她未满20岁时由越西嫁到深沟，先住到九盘营，后来入住登相营。"从越西走到九盘营，走一天。"然而把家安定后，她便把根扎在了登相营。王青美是小胡的外婆，小胡名叫胡宏媛，在喜德县委宣传部工作，她说，外婆知道好多登相营的故事。

旧时，"零关道"为驿道，道路艰险，全长500多千米。由成都到西昌有16个大的驿站，即人和骡马要走16天。穿行在这条道路上的运输力量，一是人力，二是畜力。人力担负货运，在山区里用背架子背，在平坝地区则用肩挑。背，便于攀登履险，可耐长途跋涉，一个青壮年脚夫，背七八十斤，一天可行程几十里。挑，疾走前行，速度较快，宜短程运输。货运也有用畜力的。著名的"建昌马"虽然矮小，但善负重爬山。一

低矮的土墙青瓦房显得十分稳固（何万敏 摄）

个马帮少则十余匹马，多则几十上百匹马，大商家进出货物，大多包给马帮运输。一般旅客多为步行，翻山越岭全凭脚力。富裕些的旅客可雇"溜溜马"，即客户出租供旅客乘骑的马匹代步。这是一种短途客运，往往以一天的路程或某地到某地为一站。一个马夫管一至三四匹牲口，只在其家门所在那一站从事客运。雇主与马夫讲好价钱，便可上马骑行，马夫步行尾随。

如果行李过重，马夫还可为旅客代背。到站以后，第二天又须重新雇马。至于有钱的达官贵人，则多乘坐"滑竿"，这是一种长途人力客运，两个健壮的轿夫抬"滑竿"，日行可达七八十里。

九盘营当年也是驿站，和附近的白石营、象鼻营一样，规模不及登相营大。只有站在S208省道边，才能体会到登相营当年作为驿站的感觉。厚实的城墙把居民

厚实的城墙把居民的房屋围得严严实实（何万敏 摄）

的房屋围得严严实实,"城墙为条石嵌砌,依山势平面作椭圆形,四开门,地处高寒地区,城内无农业居民,只有旅店、铺房、驻军游击衙署……"。《喜德县志》还记载,登相营驿站始建于明代初期,最初只有几户原住民在此以经营小客栈为生。明成化二年(1466),宁番卫(今凉山州冕宁县)建成"三关、两营、七堡"屯兵护路,登相营驿站从此正式屯兵。如今的有心人实测过:现存墙高3米、宽2米,墙顶设垛眼,周长600多米。

城墙外,一段古道在青草的掩映中依稀可辨,王青美老人的二儿子杨洪明领我们去看,一些青石上,仿佛还有马蹄踏凹的痕迹。杨洪明71岁,精神矍铄,是胡宏媛的二舅。

"耳朵不好,眼睛不好,哪儿也不想去了。"刚见到王青美老人时,我见她太阳穴位置贴有一片绿色的树叶,她说是明目的。坐进屋,我才发现她光着双脚。小胡解释外婆一年四季都不穿袜子,晚上睡觉脚都要伸出铺盖。老人笑笑说:"年轻时走很了,脚杆烫得很。"她接着回忆说:"这儿的人不种庄稼,全部是开店的;

城墙外，一段古道在青草的掩映中依稀可辨（何万敏 摄）

天要黑了,赶马帮的就来了,叮叮当当的,热闹得很。"

可以想象,有了这一条古道,有了走动的人群,登相营也有了许多生机和活力。

现在,人们普遍把这条路称为"南方丝绸之路"或者"西南丝绸之路"。而"丝绸之路"的得名,来自德国地理学家李希霍芬。1877年他在《中国》一书中,把汉代中国与中亚南部、西部以及印度之间的交通路线,首次称作"丝绸之路",意指这一交通路线是以丝绸为主要贸易内容的中西方商路。

国家社科基金重大项目"南方丝绸之路与欧亚古代文明"首席专家、四川师范大学段渝教授认为,古代中国通往海外的丝绸之路——南方丝绸之路、北方丝绸之路、海上丝绸之路和草原丝绸之路,早早地把中国与世界文明联系起来了。

(原载2014年9月19日《凉山日报》第7版)

古城：历史的散笺

穿越大山的南方丝绸之路

说到丝绸之路，人们常会想到汉代开辟的由长安（今西安）经河西走廊到西域，一直通向罗马帝国，连接中国与西亚、欧洲的古代陆上商道。然而，在中国西南有一条连通印度和南亚的南方丝绸之路，却鲜为人知。

早在汉代，博望侯张骞出使西域，在大夏（阿富汗）看见有蜀布、邛竹杖，知道从邛西行两千里可到东南身毒（今印度）国，"得蜀贾人市"。他回京时向汉武帝汇报，并提出打通南丝绸之路的建议，汉武帝"欣然"，立令张骞等"四道并出"，探寻并打通这条国际通道。可惜的是，多次派出的使者，均在现今云南大理一带受阻，甚至动用了数万军队也无济于事。

尽管汉代官方没有打通南方丝绸之路，分段却是畅行的。

南方丝绸之路以四川成都为起点，向南分为东西两条主道——"西夷道"和"南夷道"。

西夷道，出成都南门万里桥后，经邛崃、雅安、荥经翻越大相岭而至汉源，历大渡河、穿清溪关后，进入

古代南方丝绸之路，沿安宁河谷伸展，
一路串起许多古城和驿站（何万敏　摄）

今凉山彝族自治州境，顺安宁河谷南下至西昌，再沿河而下经德昌、会理，翻越川滇交界的方山后，到云南永仁，经大姚至祥云，直达大理。其大部分路段与今天的川滇公路西路相重合。因此道邛崃至西昌段乃西汉司马相如为经营"西夷"地区而开，故名"西夷道"，汉代称零关道、牦牛道，唐称清溪道。至今，在越西县丁山桥旁的岩石上，还可见斗大的"零关"二字。

西夷道与另一条南夷道在大理会合后，向西南经保山分别在腾冲、盈江、瑞丽三地入缅甸，从而通向印度、泰国等东南亚国家。

旧时，"零关道"为驿道，道路艰险，全长500多千米。从成都到西昌有16个驿站，也就是说，这一路至少要走16天。古人长途跋涉估计多为生计，而我们踏上古道，则名曰：旅游。

金黄色的西昌

我在一篇题为《西昌价值》的文章中，赞美"这是一个让人快乐、放松、亲密的地方"。因为我居住在这里，这里是我的故乡。

听当地老人们说，西昌是南方丝绸之路上的重镇。去翻一翻书，《史记·司马相如列传》就有记载，司马相如和汉武帝的谈话："司马长卿便略定西夷，邛、筰、冉、駹、斯榆之君皆请为内臣。除边关，关益斥，西至沫、若水，南至牂牁为徼，通零关道，桥孙水以通邛都。还报天子，天子大说。"说明邛都（西昌）、筰都（沈黎）、冉駹（汉嘉）这一条路线，秦时就已经设置过郡县，道路也曾相通，是秦末农民起义后，群雄割据时无人过问，这才放弃的，现在要恢复它，比通南夷容易。后来，司马相如出使西夷即在邛都设置了"一都尉，领十余县，属蜀"。邛都的开辟就从那时开始了。

如今明建昌城基本保存完好。它位于现西昌市区西北部，北与北山相接，西临西河，东接东河，东南为开阔平坝，所以有人把建昌城形容成一把展开的折扇。

据考古实测，建昌城四墙为砖石建造，以条石垫底再砌以青砖，城墙最高处达30米；城墙开有4门，北为建平，南为大通，东为安定，西为宁远，且南北、东西相互对称。除宁远门早年被毁外，其余3门尚存。城内街道依然保持明代布局，以四牌楼为中心，有北街、南街、仓街、府街向四方辐射，另有顺城街、石塔街、三衙街、什字街、涌泉街，各街之间又有20余条小巷相连，使各街巷纵横交错，构成一个四通八达的网络布局。

修复后的大通楼为重檐歇山式仿明建筑，城门建筑面积1800平方米，城楼建筑面积588平方米，城楼由止厅、耳房、楼厅、檐廊、阳台等部分组成，红墙绿瓦、斗拱飞檐，气势恢宏；石刻、木雕、彩绘、匾额、对联都有较高的艺术品位。每逢节假日夜晚，彩灯映照着城楼，与仿古一条街遥相呼应，为西昌市夜景之一。

礼州古韵犹存

因为紧邻西昌，同时作为西昌北大门的礼州同样也历史悠久，也就不足为奇了。尽管规模小了一些，但礼州仍然是一个比较完整的四四方方的小城。东南西北四大城门东为迎晖门，南为启文门，西为宝城门，北为迎恩门，四门对峙，十字开的街道贯穿城中，更有巷陌相互连接。最妙的是小城东部列着一条千米街，恰似左右两翅，活脱脱把小城装点成了一顶"乌纱帽"，小城南北的两条护城河，恰似分坠"帽子"两侧的飘带。南北街衔接处一座钟鼓楼，恰似一绺插在帽后的红缨。

现存礼州古城镇，建于明代，此城是明清时期新文化起源的标志。城池占地约 1 平方千米，初建系沙土夯筑，清乾隆时期以砖石修葺，城池方正，墙高 6 米至 7 米，墙厚 8 米至 12 米，城垛子 600 余个，城镇内外有七街八巷。

礼州古建筑群较多，展现出我国古代民族艺术特色和民间文化艺术的精美。1995 年 1 月 14 日，经四川省政府批准，礼州镇被列为四川省级历史文化名镇。

礼州市肆井然，商贾云集，因此南北风情、东西习俗兼而有之，特别是厨艺，可以说是味具京、川、广、鲁、扬、海等六大菜系风格，色呈汉、满、蒙古、回、

在礼州古城，老人们喜欢在茶馆打发时间（何万敏 摄）

彝五族风度。特别是小吃，那更是有许多独到的品种，什么王凉粉、郑醪糟、严糍粑、陈汤圆、周豆腐脑、赵洪的酸汤面、陈朝相的豆花饭等，都别有一番风味。在礼州玩吃之余，还可带上一些土特产品，把细如银丝的手工挂面、香气扑鼻的太和豆豉带回去，与家人朋友共享。

海棠香国

海棠是进入凉山的第一重镇，古代第一关隘，彝语称"嘎达铺"，唐《蛮书》称"达士驿"。明代时，因都司署后园中有株巨大而奇艳的海棠花树，称此地为"海棠香国"，镇名由此而得。

史书上说，海棠镇是汉代阑县的所在地，现在残余的城门城墙，是清道光十八年（1838）重修的海棠"扼三十六沟脉之汇"，其侧高地上尚有一大片古屯兵地，是明代镇西千户所旧址。

这里地势偏僻，文物古迹众多，比如年代久远的碑刻、青花瓷器、古钱币，这里随时都看得到。而且，汉道和唐道交替，民风奇特，是寻幽览胜的好去处。

我们乘车由甘洛县城出发，向西北约35千米，到了古镇海棠。小镇古香古色，古老的城堡大门，高大全木制铺面驿站房，赶场的人群，石板路上偶尔走过驮着货物的骡马，使人想象得出丝路时代小镇的热闹繁忙景象。

　　海棠古镇现在城内只有一个北城门还保存完整，斑驳的城墙青砖上依稀可见"道光十八年"的字样。海棠的街道呈"丁"字形，房屋建筑多是木架土墙围房，木柱很粗，门窗多有各式雕镂，街区基本被古城墙所围，内有多处庙宇。据说中华人民共和国成立前镇上曾达到3000多人，西门外还有一条近1千米长的街道，而

凉山北大门的海棠古城（何万敏　摄）

且马店、旅店有30多家，颇为繁荣。

大凉山彝族流传着谚语："石投河中不复起，人卖到甘洛永不还。"甘洛曾经是昔日大凉山鸦片输出、枪支流入的主要集散地，据说每年有800驮至1000驮鸦片经这里运出凉山。县城新市坝过去是荆棘丛生、野兽出没的荒野，经过50多年的建设，如今已是一座高楼林立、市场繁荣的新城了。

走在德昌栈道上

从西昌南行64千米，就是德昌县城。一路上行进在一条狭长的河谷丘陵地带，左右都是高山。沿安宁河，成昆铁路、川滇国道公路平行向前。两边田野阡陌、村落棋布，以体型高大、健壮出了名的德昌水牛，迈着缓慢稳重的步子，不时出现在田间和道边的古树下，与落日余晖构成一幅幅祥和的田园景色。

德昌县城又名凤凰城，有凤凰塔矗立在城北。建于明末清初，高24米，六角正檐的钟鼓楼耸立在古老的

德昌县有凤凰塔矗立在城北(何万敏 摄)

街道上，给小城平添几分古色。鼓楼门洞匾额上，一边写着"北达京畿"，一边写着"南通蒙昭"，说明这里是南北往来的咽喉，西南丝路必经的通道。

在公路边不远的一个村庄边，我看到了几座大石头堆，德昌县文管所的先生告诉我，这是古墓。在安宁河、茨达河流域，这样的大石墓保存有20多座，造型很奇怪，墓槽四周用大石嵌砌，宽1米至1.5米，长3米至4米，墓槽上面平铺5块至8块巨石，每块

农田中、村落旁散落有大石墓，它的主人是邛都夷（何万敏　摄）

重5吨以上。据考证,为战国到两汉时期濮族墓冢。至于为什么建造如此宏大,又采用巨石封顶的形式,至今还是个谜。

德昌是凉山州内傈僳族的主要聚居地之一,傈僳人至今保留不少浓郁的民族习惯,尤其以各家族小图腾为姓氏的古俗,为民俗学家所珍视。这里的傈僳族有4000余人,聚居在金沙、南山相邻的两个乡,而金沙

字库塔是古代焚烧字纸的古塔,单是在德昌县境内就有六座(何万敏 摄)

正处于南丝路干道所经之地。他们虽居于干道两侧的安宁河畔，但保持民俗较好的村寨仍在深山，需要徒步四五个小时，才能到达海拔3000米的村寨。

会理的错乱时空

在南丝路上的古城中，会理是古城面貌保存最完整中的一个。城墙城门犹存，一座重新油漆过的鼓楼坐落城中心，4个门洞通向四面八方。城中石板铺路，店铺林立，招幌飘飞，一派古城风貌。据载，清代，县城内就有包括云南、贵州、湖北、福建、江苏、浙江、广东等十大会馆。民谚有"会理有七十二场，场场七十二行"之说。会理的特产丰富，当时的大宗土特产品有白蜡、黄蜡、土靛、食糖、牛羊皮等50多种。

会理钟鼓楼位于旧城闹市中心，是南北街与东西街的交会处。初建于清雍正十二年（1734）。乾隆年间又两次进行过改修和补修，咸丰十年（1860）毁于兵火，唯卷洞尚存。光绪六年（1880）由会理人马见田主持建成。全楼共三层二十柱落地,五星抱月亭顶,八分水。楼高 15 米,基座 22 米,另加宝顶 3 米。其东、西、南、北四方匾额分别为"紫气东来""长庚西映""彩焕南天""光分北极"。县城大量的明清建筑、寺庙、四合院的民居和城南白塔山的文塔一起,成为会理悠久历史文化的标志。

由于靠近云南,会理的气候和饮食都和云南很像,完全没有四川古镇一贯的阴郁和潮湿。在一个地方,传统小吃是风土人情的浓缩反映。到处都可见会理饵块的招牌,大约这是会理一方独特的绵延相传的烟火之食吧。我的肚子也饿了,便信步走进一家小店,一瓶啤酒、一碟小菜、一碗红油饵块,尝了个鲜。这饵块软软的、松松的,有淡淡的清甜味。"老板,这饵块是啥子做的?"我问小店老板。他笑了笑,说:"是把米打成浆后经过些工序做成的。"

还有,会理的石榴也是极为中看、养口的,果大、籽软、汁丰,入嘴一嚼,清甜爽口。

高原午后的阳光有些炙热,不远处的北城楼在蓝天下静静地候着。人们在老街上怡然自得地生活,用水缸大的陶罐种花,在百年老宅的天井里喝茶。6米厚的老城墙下,一群人正围着买卖叶子烟,理发店的师傅坐在城中只有20世纪70年代才有的椅子上打盹。登上城楼歇歇脚,发现供人坐的石头凳子上都刻满了古朴的图案。古城文风颇盛,这一点在店面的招牌上就可以看得出,客栈取名"悠悠静闲",书店取名"书香别院",就连刻墓碑的店铺也有一个好听的名字——"石竹斋"。

(原载2005年第11期《中国西部》)

会理古城的舒缓时光

会理县城位于四川省凉山彝族自治州最南端,湍急的金沙江成为川滇两省的自然分界线。古代南方丝绸之路上,这里是重镇,达官、商人、马锅头北来南往,他们擦肩而过,或者同桌而饮,便有了中华南北的文化共生。

而早在西汉武帝元鼎六年(前111)在此建成了会无县,至唐高宗上元二年(675)更名为会川县(隶属云南省),一直到明朝洪武二十七年(1394)才再次归四川省管辖。清雍正六年(1728)改称会理县。

有了那么悠久的历史,会理很容易得到"国家历史文化名城"的头衔。而在2015年年底,会理古城荣升ＡＡＡＡ级景区,要在历史文化保护方面,更加夯实底气。

特殊的地理位置，使会理自古以来就成了人们理想的栖息地。亚热带气候带来的丰富物产，潇洒的阳光褪去一路奔波的商人的湿寒与倦意。人们开始习惯了漫步大街，老茶馆也迎来了人声鼎沸。

会理古城自明初建立以来，迄今已有600多年的历史。全城南北长约1770米，东西宽约920米，古城总面积近25万平方米，内外城分为若干规矩的街坊，

穿越时光，我们依稀辨认着历史（何万敏　摄）

布局严谨有序。内城主要街道以钟鼓楼为中心,呈十字形延伸到四城门,成为东街、南街、西街、北街四条主要街道,组成了"穿城三里三,围城九里九,以南北中轴线为中心的四街三关(即东关、西关、北关)二十三巷"的棋盘式格局。

城中7条大街,街宽7米。临街铺面为活动铺板。店铺多悬门匾,木柱梁枋为栗红色;沿街的店铺有600余间,均为一楼一底的木板楼房,木楼上有镂空雕花木窗;青瓦屋顶,瓦楞上有垂吊的百草和青苔,色调古朴,亦构成了高低错落、起伏有致的街景轮廓。现保存完整的20条小巷,巷内多为清代建筑,路面为石板铺砌,加上明代以来形式各异的民居院落,组成了古风依旧的历史文化街巷。

更令人佩服的是,内外城的功能区分清晰:城西主要设置学署、文庙、公园等,属文化建筑群;城北以手工业者聚集的小巷为中心,是客栈、旅舍建筑群;城中7条大街就是商铺街市;城中巷道是乡绅宅院、民居古建筑群;西北面则集中了官衙行署、道观寺院和戏楼、广场等大型建筑。正如陪同我采访的会理县文广新旅游局局长祁开虹所说:"会理古城的合理布局所体现出来的文明与科学,值得珍惜与重视。"

无论新城的高楼大厦怎样日新月异,我们都可以说,会理的核心在古城,而古城的核心在钟鼓楼。

远远地望去,钟鼓楼的琉璃瓦在阳光下闪耀出炫目的光,仿佛是要让人感叹它的雄姿。本来嘛,钟鼓楼又名"凌霄楼"呢。

此楼始建于清雍正十二年(1734),由当时的会理知州主持修建,到乾隆年间两次改修和补修。咸丰十年(1860)被毁,只有座基尚存。光绪三年(1877),会理一位名叫马见田的人致仕回家,一心想要修复。于是在进京时,找人将皇家园林里的一个角楼描了下来,按图修建,终于建成了一座精雅而不失雄伟的楼台。

中国的古典建筑历来讲究风水。清朝以前原本没有这钟鼓楼,为了弥补传统建筑文化上的"中轴空虚",而在城中心的十字大街专门修建这一豪华建筑,形成了以钟鼓楼为中心的四面对称格局。

会理古城的舒缓时光

会理古城中心的钟鼓楼又叫"凌霄楼"（何万敏　摄）

真正算得上古为今用了，从 2012 年端午节开始，会理县又恢复了逝去近百年的钟鼓楼上晨钟报晓、暮鼓定更的传统仪式。每天早晚鸣钟、击鼓，悠扬的钟鸣鼓磬声响彻古城街巷，已成为会理古城焕发文化积淀的雅韵。

还有北门城楼、西成巷、金江书院、仓圣宫、天主教堂等，即使边走边看也有些目不暇接。

一座古城如果没有城楼，还算不算城（何万敏　摄）

如果问一下会理人值得他们骄傲的地方到底在哪里，他们都会漫不经心地望向那些古老的院落："去看看那些老房子，再去问问那些住在里头的人。"

那天下午肩挎相机，沐浴着早春的阳光迈进胡家大院时，一袭浓浓的古意扑面而来。堂屋外的大柱上贴着手书的春联，隶书体的大字中透着汉碑的遒劲古朴，绝不是那种花五元、十元钱随手可从街边买来的印刷对联。整个院子的居民源自同一个祖先，历经600多年也未曾改变，不像其他一些院落换了主人或来了新的姓氏，这胡家就守着这明代的门窗走过了数十代人的青春年华。在外工作或定居的胡氏后人，会在每年的春节和端午回家祭祖，现在这院里年龄最大者已近九旬，而最小的才两岁，合了字辈的整整有五代人。

过节时，院子里数十人便一起热闹吃家宴，虽然春节已过，但可以想象热闹的景象，传统的节日和喜庆的场面，烘托出生活的幸福。后来听说他们家里还有清朝皇帝亲赠的"皇室旧影"的照片，这常让他们津津乐道。

胡家大院门楣，喜气洋洋（何万敏　摄）

这一条科甲巷，固守着往日家园的人家还有许多。而最大的要属吴家大院，它用四合五天井舒展演示与众不同的风姿，今天还为28户人家提供开放与隐秘的空间，同时也让植物、猫狗与房顶一样可以享受阳光的抚摸。吴家的风光停留在一块题有"大夫第"字样的厚厚的木匾上，光宗耀祖的牌匾至今仍是拥有它的主人的珍宝，平日里不见踪影，节庆时分成为科甲巷的一道风景。

古时的科甲巷走出了许多鼎甲、进士和举人。一条狭窄的青板石街的两边，均是老宅旧居，大大小小的院落，无一例外有一进、二进、三进的纵深，处处皆是青石地、镂花窗、雕花梁，不仅是老古董，而且充盈着一种无形的、慵懒的、漫长的人文气息。

会理人大多为外来迁入人口：北方忽必烈的后人，湖广填四川的移民后代，更有朱元璋从南京带来的兵士后裔。所以在会理，能看见北方的戏楼和四合院、南方的园林厅堂、云南风格建筑的大象石雕以及别具特色的江南小院，就一点都不奇怪了。

会理是这样一个地方：资源富集，人们的生活相对富庶，不至于为生计而节衣缩食；优越的光热条件让这里拥有种类繁多的动植物，天上地下，飞禽走兽、果叶根芝、蕨薇菌蘑，几乎所有在西南地区出产的山珍，都能在这里寻找到踪迹；发达的农耕文明和广袤的土地资源，更是为人们提供了丰厚的食材品种；自古以来较为便利的商贸交流让各地的烹饪技艺在此交集融合，落地生根，为本地饮食文化的发达根系提供了肥沃的土壤。

尤其是，因为地处川滇之间，云南的材料、四川的口味，或者四川的材料、云南的口味，成就了独一无二的会理美食。会理的厨师熟练地将云南特色的食材运用川菜的调料进行烹制，或者把传承于异乡的各色吃食大刀阔斧地加以改良，将汉族的烹调技艺和少数民族鲜活生猛的饮食习俗调和起来，把那些粗糙的原生态饮食精雕细琢成足以登上大雅之堂的菜肴。

有时候，某个地方让人停留下来，或者让人远在他乡对它还很牵挂，很大的一个原因就在美食。会理人范竞马是独步国际乐坛的中国男高音歌唱家之一，尽管离开家乡在北京已经多年，尽管尝遍了世界上无数的佳肴美味，但他最敏感的味蕾还是留在了家乡。他曾说过："饵块是会理人的早餐，饵块的鲜汤原料是鸡汤，没有加一点多余的调味料……比起其他地方的美食来说，会理美食的做法和材料都很单一，但就是吸引着你，让你舍不得离开它。"所以只要有机会，范竞马一定会到处去寻找曾经的味道。

会理美食物美价廉,它们选料简单,做法随意,入口也能让人们不急不慢地体会舌尖传递到身心的愉悦,使人们在细嚼慢咽中顿时轻松起来。

鸡火丝饵块,会理黑山羊汤锅,还有以猪排骨、羊肋条肉、牛肉牛杂等杂菜炖煮的铜火锅,都给喜欢美食的人亲近之感,吃过然后深爱上它。

(原载 2017 年第 1 期《四川画报》)

住在高高的凉山上

彝族是农牧兼营的民族,因此在彝区,彝族的民间建筑多选择依山傍水、避风向阳、树木茂盛、土地肥沃、地形开阔、有利于牧耕和军事防御的环境。其居住村寨多选择在地势险要的高山或斜坡上,或接近河谷的向阳山坡。这样有险可守,有路可走,高能望远并有水源、耕地以及水草牧场。一般高山区多为散居,平坝河谷地则以集居为主,这是彝寨典型的聚落特点。凉山彝族人喜欢温暖凉爽的气候,但比较怕酷热,因为热很了容易生病,所以他们一般多居住在海拔1500米至3000米的温凉地带。民间有俚语"彝人住高山",其实还有一个原因是历史上彝族部族社会为防御内争外患,形成了彝族传统住宅的"聚族而居""据险而居""靠

民间有俚语"彝人住高山"(何万敏 摄)

彝族的民间建筑多建在依山傍水、避风向阳的地方(何万敏 摄)

山而居"。少数杂姓村落和平坝、河畔村落的出现则是近代才有的事。同时,凉山彝族村落多是三五十户,大村落的居民仅百余户,加上凉山彝族社会流行儿子结婚后独立门户,父母又与小儿子同住,所以很难得看见彝族拥有什么深宅大院。传统的住宅布局是以土墙、竹篱、柴篱围成方形院落,院外四周植树,院门为木框木门,院内修建人字形顶一字形住房,屋门矮而宽,门两侧各留50厘米见方小窗,有的不设窗孔。

2009年7月9日晚,凉山州金阳县下了一整夜的暴雨,我们在尔觉西乡地史村采访,73岁的彝族老阿妈阿鲁长英说她睡得很香甜:"这是'三房'改造给我们带来的幸福,我家从茅草房搬进新瓦房,下再大的雨我也不担心了,哪里像过去哟,成天总是担惊受怕的。"

阿鲁长英老人说的"三房",是指木板房、茅草房、石板房,和她一样,在凉山的大山中,许许多多的彝族祖祖辈辈都住在这样的"三房"中,这样的住房不避大雨,还透山风,每到冬季整个屋子里冷飕飕的,而

彝族人千百年来在凉山繁衍生息（何万敏　摄）

且不具备基本生活功能。所以很久以来，凉山给外地人的印象或者说人们记忆中的凉山，除了古老和神秘，也就只剩下贫穷了。

凉山彝族自治州是一个以彝族为主体、从奴隶社会"一步跨千年"的少数民族地区。改革开放以来，特别是进入新世纪以后，随着经济的快速发展，凉山彝区人民生活条件也得到极大改善。据 2002 年的调查，凉

彝族过去多住瓦板房，现在更多的是青瓦房（何万敏　摄）

山州年人均纯收入在1000元以下的贫困户有16.5万户共74.3万人。从2003年起,凉山州将"三房"改造作为全州扶贫开发工作的重点,从当年起每年改造5000户。2008年,四川省委、省政府决定实施彝区"三房改造行动计划"。按照《凉山州彝区三房改造行动计划规划》,凉山州将于2012年基本完成"三房"改造工程,届时,101.25万彝区贫困群众将全部搬入新居。来自凉山州扶贫两资办("扶贫两资办"全称为"扶贫开发和两项资金管理办公室"。——编者按)的数据显示,截至2009年6月底,凉山州已完成当年彝区"三房改造行动计划"任务两万户中的近1.5万户,加上往年完成的任务,共完成彝区"三房"改造近10万户,约45万贫困群众搬进新居。近日,国家发展和改革委员会又将凉山州17个县市全部纳入国家第二批农村危房改造(彝区"三房"项目)试点,包括目前尚未改造的年人均纯收入1000元以下的8万户和1000元以上的6万户。

为此,国家投入了大笔扶贫资金。在中央和省"两项资金"有力助推下，凉山州每年投入"三房"的改造资金从2006年的6000万元增至2008年的8000万元，目前已累计投入"三房"改造资金3.2亿元。而为了把新房建设得既美观又实用，凉山州还设计印制了建设标准分别为70平方米、80平方米、90平方米的单体民居户型建筑图28种5000套，每村1套，免费供"三房"改造户选用。如今，走在风景如画的大小凉山，砖砌筑墙、顶盖青瓦、雕梁画栋的彝家新居惹人注目，也为大地、田野、山川增添了鲜艳的民族色彩。

过去，凉山彝族住房不高大，标准住房为长10米至15米、宽5米至6米的长方形建筑，屋檐及地3.5米左右。建筑以木材为主，采用原木为柱为梁为横杆，穿榫呈现"树"形屋架，表现出凉山彝族历史上与大山与森林休戚相关的朴素原始的建筑美学观。住宅四壁或土或木，屋顶上面盖长约六尺宽七八寸的云杉木板，加横木压石固定，雨水顺杉木纹路而下，通光透气，俗称"瓦板房"。走进这样的房子，杉木的清香仿佛引人进入原始森林的狩猎木屋，似乎还有几分童话世界的感觉。

当然，除了普遍的瓦板房，也有不少变异建筑，主要表现在盖房材料，如瓦房、茅草房、压泥箭竹房、薄沙石板房。大户人家和不少村落还建有多层土墙碉楼。后来又逐渐向砖木结构的建筑发展，并普遍另设畜圈。一些富户开始修建砖混结构、花园庭院式的新房。古老的凉山彝族民居洞开了窗户，是现代的文明之风吹拂的结果。

彝族建筑没有巍峨雄壮的殿宇、神庙、陵墓，表现其建筑工艺的正是独具风貌的民居。彝家建筑民居十分精妙，可谓独树一帜，主要表现在以下几个方面：其一，凡彝家工匠，修房前没有图纸，全凭经验及主人家的要求造屋。其二，房梁及各种穿枋、斗拱等装饰都在地面组装完后，择吉日在一天之内整体上柱。其三，整个房屋构成全是穿枋、斗拱，不用一根铁钉，也不用一点黏胶。其四，装饰精美，屋檐大多数是吊牛角和墙壁隔板花纹，看上去十分美观。彝家的房屋长年栉风沐雨，靠的就是民间木匠高超的手艺。

特别是大门入口及屋檐下的斗拱、垂柱、隔板，常常被雕刻并漆绘有多种纹样和图案，显示出结构的精巧。比如，在门楣刻有日、月、鸟兽等图案；在垂柱下端的牛蹄上刻有山和马牙形，蹄头上刻有河流纹样，蹄尖朝内，以示招财进宝；垂柱尾端饰有线团形、灯笼形、牛头和牛嘴形，以示驱邪；墙壁隔板，用镶条和装板榫镶而成，有的用镶条拼嵌成图案，有的将隔板镂空纹样成"米"字形或山川、日月星辰、羊角、鸡眼、篱笆、鱼刺、花瓣等纹样。彝族民居最有特点的是，一批工匠修建十家房屋、百家房屋，却找不到两间完全相同的房屋。就是同一间房屋，在各部位的装饰上也找不到完全相同的花纹图案。

总的来说，彝族民居的装饰尚处于初始阶段。传统民居外形简单朴素，接近对称形式，大门入口及屋檐是装饰重点。大门上常做各种拱形图案并带有门楣。门楣刻有日、月、鸟、兽等纹饰，屋檐下封檐板刻有粗糙的锯齿形和简单连续图案。屋脊中部及两端也有简单的起翘及起拱；山墙的悬鱼，屋檐的挑拱、垂花柱，屋内的梁枋、拱架也刻有牛、羊头及鸟兽花草等线脚装饰的浮雕。室内锅庄石上及石础、石门槛上雕刻怪兽神鸟、卷草花木等彝族传统图案，亦有在室内的木隔板上刻对称均匀的连续四方火镰纹及圆形花饰的，极富装饰效果。

看得出来，过去的彝族人家造房建屋，由于受到经济条件的限制，绝大多数时候都是因地制宜、就地取材，大部分使用沙土、块石、竹木、山草等，用砖瓦者过去很少，近来渐多。一般河谷与高山地区略有区别，河谷地区多用土墙、板瓦，内部门户隔板都用木板，梁柱及椽子的连接全部用木榫；高山地区多用竹墙、板瓦，内部间隔亦用竹墙，梁柱、椽子多用竹材或竹木混合，多用竹篾、山藤绑扎，板瓦上用石块压实，地坪一般夯土。

为了叙述的方便，我们大致把彝族民居内部划分左中右三个部分，火塘是彝族待客和家事活动的中心；火塘左边，用木板或竹篱隔成内屋，有中门相通，为女主人卧室并收藏贵重物品；入门右侧为畜圈。屋内上层空间设竹楼，竹楼左段储粮，中段堆放柴草，右段为客房或未婚子女居室。再来好好看看彝族民居内部的火塘，在进门的右上方设火塘，习称"锅庄"，以三块石头支撑，是全家家居生活的中心。火塘在彝族居住民俗中占有重要位置，是每一户彝族家庭生活的中心，是饮食、取暖、照明、会客、议事乃至室内宗教活动的场址。彝族人大都把火塘视为家庭的象征，认为它与一家人的命运祸福有密切的关联，尤其是火塘中的火之熄与燃与人的命运休戚相关，故火塘里的火长年不能熄灭，称之为"万年火"。火塘上方悬挂一行篾方笆，用于烘烤湿粮。过年杀猪时将猪尿泡（越大越好）悬空挂于其上，预示来年丰收，年景兴旺。

火塘塘口多呈圆形，也有六边形的，通常以打制精美的石料镶入地中，其上再嵌立三块锅庄石，彝语称为"恰尔"，形成三石鼎峙，从而也把火塘周围的堂屋划分为主位"尼木"、客位"嘎尔"和下位"嘎基"三个部分。彝家来客通常环火塘而坐，但讲究坐次与礼节，一般自上而下按尊长谦幼的秩序排列坐下，互不逾越。

对于一个崇拜火的民族来说，火塘是神圣的。有的人家在火塘上方设有祖灵神龛，是家中之圣所禁地。祭祀祖先神灵时，事先要在火塘里烧石淬水以行名为"尔查苏"的清洁除秽仪式。供祭时要把祭品高举过火塘，表示已经过洁净。大凡彝族家庭举行家祭和室内宗教仪式都在火塘边进行，比如为失魂者招魂时，要先把魂招到火塘边，之后失魂才有可能归附人体。新娘出嫁时也必须由娘家亲人背着绕火塘三圈，以示向家人和娘家告别。关于火塘的民间禁忌还有很多，如严禁人足踩踏、严禁从火塘上方跨过、严禁往火塘里吐口水等。终年不熄的火塘折射出彝家刘火的崇拜。

常言道：一方山水养一方人，而一方人造得一方宅。居住作为人们安身立命的基础和依赖，被人们最为重视便是情理之中的事。在乡土村落的漫长画卷中，面积占得最大的往往是乡民们自己居住的房子，而祠堂和庙宇只不过是民居乃至日常生活中的点缀。眺望凉山星罗棋布的彝族村寨，除了乡民们的瓦板房、茅草房、石板房和如今更多的新瓦房，唯有山水是他们劳作的守护神。

住宅和乡民的日常生活相互依存，因而也最自然、最生动、最有人情味，尤其是凸显出山野生气的瓦板房。然而因为瓦板房需要耗费大量木材，它已经是凉山最后的民居风景了。

瓦板房，彝语称"平以"，是凉山彝族传统最具特色的一种住房形式。顾名思义，瓦板房就是指房屋屋顶采用彝族称为"平"的木板铺盖用以遮风避雨的房屋。这样的木板因起瓦之作用故汉称"瓦板"或"木瓦板"。通常，瓦板是选择木纹直而无节的杉木，用专用刀斧剖开而成。剖时须一分为二、二分为四……一直等分对剖至厚度适宜为止。瓦板上的自然木沟纹，便于雨水顺纹路而下。砍削或锯解的瓦板由于不现木纹，遇雨水流淌并不通畅，所以，彝族谚语有"需要管教的儿子没出息，削砍的瓦板不防雨水"之说。一片瓦板一般长 1.5 米左右，宽约 30 厘米，厚约 2 厘米。瓦板房不用椽子，瓦板直接竖盖两层于横檩上，从檐口横向竖盖铺满下层，彝语称"皮莫"（母板），在每两板之间缝隙处再盖一板成上层，称"皮布"（公板）。如此往上节节相接盖，盖满至屋脊后,又在每节上横置一路或两路连接板条,板条上再用4千克大小的硬石块复压,用以防风。屋顶坡度一般为25度左右,瓦板房透光、通风、排烟,热天室内空气凉爽,光线较好。彝族人觉得更方便的是,瓦板房便于拆迁,当在一个新地方把土墙筑成后,再把原来的瓦板运去盖在屋顶上继续使用;而一旦发生火灾,可把瓦板推掀于地,易于救火;同时,瓦板还比较耐用,几代人使用下来都还有可再用的部分,所以瓦板房一直受到凉山彝族人的喜爱。

事实上,这样的瓦板房住起来要说舒适,那就是自欺欺人。经济的贫困才是决定瓦板房的基础——建房时,彝族人用两块木板前后固定,形成一个槽,将黄土填入,再用木槌加上自己身体的重量,将木槽里的土夯紧踏实,去掉木板便得到一段土墙,再将木板于新墙上固定,节节向上垒筑,四面土墙壁就在挥汗如雨的劳动中围合而成。构架的房梁和更多的木板,则是邀请亲戚朋友去林木繁茂的山中砍伐而来,劈木为片,铺排于梁上就是屋顶。那时的林木无须向谁讨价还价,有需要上山砍些就是了。一处住房的建成就这样花不了几个钱。瓦板房的简陋，或许还因为那些南瓜大小的石块给人的视觉印象，狂风大作时你担心的是石块滚落下来，会砸伤自家人，而遇到山地大雨倾盆，瓦板房里围着火塘吃饭聊天的人会听到被漏雨淋得滴滴答答的声音。在阳光灿烂的日子，高原的天空总是湛蓝色，上面总有云朵，裸露的土地是暗红色的，在土地、植被和农作物的衬托下，瓦板房别有一番气势，粗粝、沉重、大方，如山里人简单的生活，谈不上精致和舒适。人们劳累了一天回家，火塘是温暖的，对未来的希望也被温暖着不会熄灭。

而进入彝族人的住宅却无须太多踌躇。双腿交叉前伸席地而坐，是彝族人最惬意的坐姿，所以在他们家中找不到凳子、椅子，当然也不会有桌子。无论在家里还是在露天的田间，他们进食的方法，都是围着火塘，即烤即食。过去，彝族人家的房屋里不开窗户，因为他们担心好运气会从窗户跑出去而晦气霉运又容易进来。加上屋内永不熄灭的火塘常常烟雾缭绕，像我这样的人在屋子里时间久了,也觉得有些憋闷,于是跑到外面去呼吸清新的空气,抬头,视线越过屋顶和房前屋后的梨树、核桃树或者杨树,看到远处的青山连绵起伏,心情立刻就随风摇曳起来。

令人叹服的是,彝族乡民中历来就不乏能工巧匠。比如,修建房屋的建筑工匠,大多是拜师学艺而成,但奇怪的是师傅不直接教弟子什么学问,弟子需要成天跟着师傅,凭着自己的悟性,细心观摩师傅的动作来学到本领。如果弟子能主持修建房屋三至五间后,又有人开始转投于他的名下学艺,那么这个弟子就成师纳徒了。其实,更不容易的是,彝族民居建筑结构与装饰比较精妙,在整个建筑过程中,一是修房前没有一张所谓的图纸,全凭经验及主人家的要求造屋;二是房梁及各种穿榫、斗拱等装饰都在地面组装完毕后,择吉日在一天之内整体上柱;三是整个房屋构成全是穿榫、斗拱,不用一根铁钉,也不用一点黏胶。如此看来,要学到这样一套本领,就不是一年两年的事了。

一片一片木板铺排的屋顶,伸出屋檐很深,在红土墙上留下一道深深的阴影,更衬出屋顶的轻盈。不规则的石块沉沉地压住木板,仿佛又点缀着自然厚重的图案。单看这样的屋顶,虽然没有什么特别之处,可村寨的瓦板房散落开去,便也十分动人。有一年9月在美姑县,雨过天晴的午后,彝家小男孩带我爬上依洛拉达乡且莫村后的一座小山。且莫村其实就在山腰的一处台地上,因此看上去整个山算不上很高,但我们站在山顶,一下便能够看得到村寨的全貌:山脚下一条弓形的河,弓弯上面的台地已经是唯一的开阔处,30多户人家的房屋,屋顶全部是瓦板。屋面有高有低,有宽有窄。经过风吹日晒,屋顶的瓦板早已是黛青色。只见屋顶上晾晒的大南瓜和苞谷棒子,就是一个秋天收获的写照。在田野间穿插的羊肠小道上,穿着彝族服装的孩童给这幅油画般色彩凝重的风景画,增添了一抹流动的颜色。这样的景致,看得我几乎发呆。时间久了,太阳不事声响地转到西边,就在它要沉入西山的那一刻,整个村寨罩上了一层金色,起伏山坳间的受光部分因为影子的衬托明亮起来,屋顶上的粮食

木质房屋构成全是穿榫、斗拱,不用一根铁钉,显示出能工巧匠高超的建筑技艺(何万敏 摄)

建一幢比较好的瓦板房,至少需要各种木材 20 立方米(何万敏 摄)

住在高高的凉山上

连带瓦板一起泛出金色的光辉。

建一幢比较好的瓦板房,至少需要各种木材20立方米,瓦板房建成3年后,必须每年添换新瓦板才能保证屋不漏雨。从1998年国家禁止采伐天然林起,上好又粗壮的树木来源就成为最大的问题——要么踏进原始林区偷偷砍伐参天大树,其代价可能是一旦被管理者逮住或者被乡邻告发,就会遭受牢狱之灾;要么只能告别传统,听从政府的建议并享受国家的住房改造经济补贴,将新计划中的房屋建成砖混墙青瓦房,在改善住房条件的同时又有效地保护了森林和环境资源。觉醒了的彝族人大多数还是愿意选择后者。

但由此带来的问题是,正在凉山各地开发的旅游资源,长此以往,拿什么样的民居向游客介绍彝族传统民俗,又该怎样保护并发展民族文化中的民居特色呢?地方政府官员特别是彝族聚居县的决策者颇费思量。比如,大凉山腹地美姑县共有288个彝族村落,在时光的流逝中绝大多数村落已经不同程度地变了模样,所剩的罗木呷、四基吉、平以洛3个村,尽管还比较

庄稼是生活的来源（何万敏　摄）

完整地保留着彝家村寨的风貌，但这里属大风顶国家级自然保护区范围，严禁随便砍伐树木，乡民们只能眼睁睁看着瓦板房一天天腐烂下去。在保护成为紧迫问题之时，政府官员找到的办法是，选择两三个村寨为定点，报经上级林业部门批准后核准指标，指定采伐林木用于建设瓦板房，并将这些村寨辟为旅游景点，以旅游带动山区经济发展，帮助当地群众脱贫致富……

美姑县埂则村初雪，大地静默如初（何万敏　摄）

我并不认为一个民族在物质文明方面乏善可陈，就应该自卑和自责。一个来自大山深处的彝族人如果不加修饰地行走在现代城市的中央商务区，或许会显得格格不入；但如果行走在欣欣向荣、一片葱茏的山脉上，正急急地赶往他简陋的居所，你反而觉得，只有他那样的仪容，那样的生气勃勃和血气方刚，才更与大地保持着一种天然的整体性。

随着山水间渐渐敛起的日光，相信某一天，当我再回到那个小小的村落，与袅袅炊烟一同萦绕升起的这质朴自然的乡土情怀，还会和彝族人"诗意的栖居"一样找到它的归处。

秋后的埂则村风和日丽。车出美姑县城，往后山简易的乡村公路缓慢行驶约30分钟，一块山腰上的台地才稍显开阔，收获了苞谷的地里紧跟着撒播了圆根萝卜，此时的圆根萝卜已经长得绿莹莹的，与泛着黄色的苞谷秆堆形成明快的对比色。村子里一棵枝丫伸展得很开的核桃树下，挂了几长吊苞谷棒子，同样的苞谷棒子也挂满了彝族人的屋檐，收获的气息飘溢在他们的家园。不只是那些支在房顶或者房屋外一个角落的电视接收"锅盖"，象征着现代文明的到来。仔细看过彝族人的民居，多数是最近新建的房屋，已经不是他们习以为常的土墙瓦板房，而是灰砖青瓦房或者红砖西式瓦房，而且这些经过设计的房屋虽然一开始让他们手足无措，但很快，他们喜欢上了现在的房屋，并觉得现在这样比过去的人畜混居要舒适得多。

其实，自20世纪90年代中期以来，彝族传统民居便开始迅速改变，这源于政府实行的一项"形象扶贫工程"——鼓励居住在高山以及二半山的彝族人搬迁到平坝和低处，改变过去那种人畜混居的不卫生的生活习俗，包括用砖瓦代替泥土，建造他们的农舍。乡镇附近的彝村雨后春笋般出现了许多加工、烧制砖瓦的小土窑，使一些农民得以在农闲时下河挖沙，这些从河床挖的河沙可以作为建筑的辅料，出售给建房户。现在实施的彝区"三房改造"更进一步，用西式瓦代替了小青瓦——所谓"西式瓦"是用烧制陶瓷的方法烧制的，据卖方声称可以用上60年，瓦上喷有瓦灰色或者红砖色，这些瓦均从四川省的一个陶瓷大县夹江县批量运来，加上运输费每一匹卖价为2.20元，而一般一户人家的房屋需要1200匹这样的瓦。

以耐用的名义，这样的东西总是更容易被收入微薄的农民很快接受。我在美姑县最偏远的乡村之一瓦西乡达拉阿莫村看见的，正是房顶覆盖着红砖色西式瓦的新房。已经是4月底，高山的暖季显然来得要晚一些，村落周围许多的杨树刚刚染上嫩绿色,碧蓝色的天空,上面总有飘动的白云,暗红色裸露的土地正静静等待着又一轮的耕种,各种颜色搭配自然生动,似乎有一种绣品般的明艳与沉着,比绘画看上去更精致。只是那点房屋的颜色,怎么看都有点别扭,仿佛是外来物种生硬的移植,与土壤乃至呼吸的空气并不适合。

由于时代变迁,对外人来说,如今在地图标注的"四川省凉山彝族自治州"范围中,要寻找一处完整保留彝族传统风貌的村寨,实际上已经不是一件容易的事了。一般来讲,愈是靠近县城的地方,地理条件和经济条件相对较好的地方,受到汉文化和现代文明影响愈是便捷与迅速。换句话说,真要去彝族传统风貌保持得相对古朴的村寨看看,你就得放弃方便又舒适地乘坐越野车直奔目的地的念头,迈开双脚还要有足够的脚力,眼前才会有古风犹存的身影。

如同城市里的人买商品房一样,对于农村里的人而言,建房已是一件大事,即使不计算人力和精力,毕竟还要花费很大一笔钱。盐源县白乌镇羊圈村 28 岁的

山是依靠,地是依赖(何万敏 摄)

小学教师马呷呷正遇上修房的大事：早在2002年3月，她就开始盘算把已有20多年、到处都在漏水的老房子修建一下了。父亲已过世，母亲是当家人，年纪大了又是文盲，家中唯一的男孩也还小。于是这个重大决定便落在长女马呷呷的肩上。她想了好几夜：要试着修理这老房子吗？修理似乎有点冒险，而且老房子并没有把人和牲口明显隔开来，整个村子里都是这样，她想改变这种状况；她希望用四面墙围起房子，里头有个院子，牲口的屋舍则在外面。事情就这样决定了。

开始兴建之前，马呷呷将想法告诉木工日伙尔乌，由他负责这个建房工程。经过一番讨论后，最后决定照她的想法去做。房子的面积小，正房只有一间，客人来访时可以坐在正房；院子里另外两栋建筑则各隔两小间，其中一小屋用来贮放羊毛，另一间当厨房使用，以取代在火塘上煮东西，但还是要遵循传统；当客人来访时，人比较多，还是需要一个较大的地方让大家能聚在一起。通往墙外只有一扇有锁的大门，猪圈则建在了外面。

木工日伙尔乌也给予她一些细节上的意见，比如建房子前要先看风水，首要考虑的是房子的主人，即马呷呷的妈妈。先算出她的命宫是在八个方位中的哪一面（东、西、南、北、东南、西南、东北、西北）。马呷呷的妈妈属鼠，命宫在东方，所以门不能向东方开……

兴建房屋的第一天，木工解释说，要先把地整平并测量，计算出架设墙板的地方。他先将一撮箕泥土放进墙板里，然后在一个木盆里放两个酒杯和草烟，一边把酒倒在墙板上，一边说："你住在这个房屋里平安无事，你住在这个房子里直到白发时，子孙都能受到庇佑，长命百岁。"接着就开始往墙板内填土，第一层填好后用墙槌舂，一层接着一层，舂墙时须将土压紧，才能再填下一层土。建墙和凿门也要选一个好日子，进行一道仪式。之所以做这些仪式，都是为了家中的成员、财富、牲口的健康、和谐等目的。

以往，彝族人修新房大多会选择在每年的冬季到次年初春之间，因为这是他们一年当中最长的农闲时间。亲戚们都来帮忙自不必说，连那些不沾亲的四邻八乡的人也会来凑个热闹,往往修房就有了过节一般的喜庆。这也是如今有村民抱怨的,现在的瓦房虽然好,却要花大笔钱购买砖瓦,有能力开砖窑、有本事挣钱的人,成为"婴孩"里的成年人,即所谓能人、富人和强人。建瓦房需要有技术的人,别的人只能打下手,干一些力气活,所有的人修房都得请懂技术的,并付给他工钱。埂则村一农民疑惑不解,为什么现在的人要为了利益争得你死我活呢?彝族人大多数人不喜欢竞争,他们只想种地,希望大家种庄稼辛苦了一年有好的收成。人作为大地的孩子,生活本来是自由无羁的,只要消灭了人剥削人、人压迫人的制度,并让它从此一去不返,就算别的什么也不改变,人们也会表现出纯真的幸福,并永远不缺少快乐。

作为大地的子民,和每一个民族一样,彝族也是一个热爱生活、热爱自然的民族。彝族民居建筑上的装饰和图形,大部分来源于生活、来源于自然。有取动物的形状,如绵羊或水牛的头、角、蹄为造型的,有取自生活中的火镰、铁链等及自然界的日、月、星、辰、花草、叶茎等的形状为装饰图案的,这些形状图案广泛用于上述各项装饰中。彝族在室内还常采用动物的皮毛、角作装饰物。常用的有孔雀及老鹰的皮毛保留头肢,钉贴于墙,类似现代壁挂;也有用水牛角、绵羊角挂于室内或挂在木雕上为装饰物的,因为彝族人认为孔雀象征美丽,老鹰表示勇敢敏锐,而水牛及绵羊有善良之意。室内主要装饰——木桁架的内拱,与室外挑檐构造相似,一般仅装饰圆挑与主柱的接合部,在雕刻的图形上用墨色描绘,显得庄重而淡雅,当然也有用油漆彩绘的,但所见不多。室内木隔断则是室内装饰的重点,不但做工精细,而且还在上面刻有彝族人喜爱的各种图案,并精工彩绘,颇具民族风韵。

我们知道了,彝族民居一般均为单层坡屋顶建筑,建筑外部的装饰处理重点在屋脊和檐部。在住房的屋脊正中,总要做成一个或几个圆球形,彝族称为"撒",象征幸福、吉祥;也有用瓦片搭成的一些图案,表示山峰,蕴含高大、美丽之意;有的取动物形状作为装饰。在屋脊两端部和屋面四角亦有一定起翘,彝语称为"觉墙",意为鹰翅,意味着勇敢。在屋面两端常做一些类似悬鱼的构造,其形状大都为彝族人民生活中常见的各种图案。

立面的重点是在檐部的装饰处理上,传统的彝族民居是在檐部采取多层出挑,其做法与室内架类似,不过用料小些且更富于装饰性。挑出的层数,有二至四层不等,视建筑规模及位置不同而定,在挑枋的端部均为圆弧形向上卷起,称圆挑,上托小立柱,然后又是上一层的挑枋,在这些圆挑及立柱上雕刻了各种精美的图形,并饰以油漆彩绘。在靠近封檐板的最上一层挑枋端部,有的不做圆挑,代之一小吊柱,其上雕刻一些圆形,常见的有类似南瓜的圆球形或带角的水牛头、绵羊头等。

更为考究的是,不但顺屋檐方向出挑,还同时在其上做与之相垂直的层层出挑,构造做法相似,这样在房屋檐部下形成一组组的装饰构造,十分美观。在这各组挑枋之间常做有拉枋贯通,其上亦有不少图形各异的彩绘。

彝族对色彩的喜爱是多种多样的，但彝族人的红、黄、黑三色彩绘漆器在彝族传统文化中独树一帜，他们认为黑色表示庄重、纯净，"以黑为贵"，黄色代表光明，而红色象征热烈勇敢。在彝族民居的各处装饰上广泛使用的也是这些颜色。相传，最早髹漆技术是由先民狄一伙甫创造的，距今57代左右，约有1700年的历史。研究者发现，彝族漆器的造型、色彩和纹饰，与楚系漆器和蜀系漆器在文化上的源流关系值得进一步探究，我们或许从中可看出有关彝族远古文化的一些颇有价值的重要信息。直觉告诉我，无论新居还是旧宅，其上红、黄、黑三色勾画的纹样，与凉山大地彝族人的生活都有一种天然的整体性，它因此显得明晰、纯净、凝重，和那些在宽阔的坡地上蜿蜒推进、在山腰林木繁茂的地方盘踞的围墙一样，共同赋予这些村寨一种非常独特、令人难忘的家园感，并完美地融合在层叠起伏的山峦景致之中。

（原载2009年第10—12期《四川画报》）

螺髻山：冷峻而华美的姿颜

走进茂密的林间，我的眼睛一刹那就被染绿了。

川滇冷杉和长苞冷杉树冠层叠，浓浓的酞青绿与墨绿混合的色彩，在飘来又散去的雾霭中显出高原的神秘气息，据说树林里面生活着精灵。高大的冷杉林中穿插着杜鹃，大片艳丽的花朵在七月里悄悄谢幕，只留下零星的一点红、一点黄、一点白，与泛着孔雀蓝的杜鹃树叶作最后的告别。淡绿的松萝毛绒绒地披挂下来，在树枝间编织着柔软的帷帐。

7月，许多城市已经酷热难当了，螺髻山的夏季才刚刚开始。"这是螺髻山最美的季节。"这是从下方传来的口海补杰惹喘着粗气的声音，他是凉山州螺髻山景区管理局局长。有这位彝族朋友陪同，一路多了不

螺髻山是罕见的保存完整的第四纪古冰川天然博物馆(何万敏 摄)

少话题。在一处陡坡上歇息的时候,日海指着起伏的群山说:"你看,这个季节的植被最丰富,而且很茂盛,让人感觉到一种蓬勃的生命力。"

穿行在古冰川峡谷腹地

宽约 2 米的登山栈道全部用经过特殊处理的进口木条搭建,走起来并不太吃力——当然,这仅仅是已开发景区的一条观光道路。

其实,许多地方是根本无路可言的,大地上铺满了厚厚的腐殖质,人像是踩在地毯上,松软却不怎么着力。我们可以自由穿行于山中林间,只是需要懂得辨别方向或者有向导在前面引路……

如同凉山境内的许多山系,螺髻山南北矗立,纵跨西昌、德昌和普格 3 市县。南北长 64 千米,东西宽 35 千米,总面积 2240 平方千米的山地,全景状如葫芦,其中主要景区面积达 1083 平方千米。如果没有向导的话,一般人都不敢贸然攀登。我前 3 次于不同季节进入螺髻山腹地,则属于各种名目组织下的"浪漫之旅"。

沿着栈道向西南方向行走,一块巨大的石头几乎就要挡住去路,"它可不是一般的石头哟。"顺着日海补杰惹的介绍仔细看去,冰川漂砾杂乱陈列与层叠的地层皱褶清晰可触;仰望右边高山,山腰上成片的冷杉林遮天蔽日,随着树梢往上,可见到堆积的绵延的冰碛侧垄起伏着,仿佛从山顶崩塌下来一般。我这才注意到,我们正穿行于一段东北—西南走向、长约百米的古冰川峡谷的腹地。

再向西前行大约40分钟,峡谷愈加逼仄狭窄,两边的山体呈刀削斧劈之势。清风一阵阵掠过峡谷,脚底传出一些奇怪的声响,时而叮咚浅吟,时而如闷雷轰鸣。分明是水流形成的声音,但却不见一丝水流的身影。在这峡谷底部覆盖着许多大石块,这些从雪山之巅汇流而来的清澈激流已成了暗河。这里叫空谷涧,"是古冰川强烈运动所致"。

似乎这里的一切都是冰川运动的结果。我感觉到置身于冰川世界,而且越往高处走,景观越奇异。

这里到处可见尖峭林立的角峰，薄如刀口的刃脊，宽坦如盆的冰窖槽谷，形若瓜瓢的冰斗，貌似涧槽的溪谷，叠形起落的冰坎，光洁滑润的冰溜面、羊背石……罕见的冰川锅穴集中在山北端溪谷的侧碛垄岗上。锅穴的形成是当年冰川从冰斗、冰窖流出时，夹杂有大量沙石碎块，在移动过程中对谷底基岩的刨蚀作用下形成凹坑，天长日久，待纯净冰块融化后现出的一个个凹坑，形如一口深凹的大铁锅，所以被形象地叫作锅穴。

一些从高处崩落下来加入冰川流的纯净巨大冰块，一起流动到冰川两侧时，慢慢融化，其中含岩石碎块的融化后，则堆积成了一片片垄岗。

太阳快下山时，我们从黑龙潭出水口往东北沿清水沟而下。在今天的地图上这条路被标注为李四光路。或许，中国著名地质学家李四光正是从这条小道一路寻觅，惊喜地发现了一块硕大的古冰川刻槽。

下坡约 2 千米，紧挨着清水沟边的一座大山的半山腰，一块巨石矗立升起——编为"1号"的冰川刻槽巨石。由古冰川夹杂坚硬的岩块，以强大的力量刻碾冰川底部的两侧岩石，形成宽而深的刻槽。我拿出海拔表，冰川刻槽所处的海拔为3550米。这一刻槽长40米，最宽处3.5米，平均高约2米。刻槽形态之完美、规模之巨硕，的确可定位为"国家级"古冰川遗存。我站在这里，久久地打量切入岩壁的刻槽，古冰川作螺旋式推进碾磨的清晰擦痕表面，像长时间被水冲刷一般光滑，又像剖开的一个巨大的炮筒镶嵌于岩壁之上；刻槽横亘的上下两面，伴有许多小刻槽和擦痕，显示了冰川运动的巨大威力。冰川岩壁顶上生长着低矮的杜鹃丛和高大的冷杉，旁边的部分快要被浓密的树木遮蔽。冰川刻槽光滑的岩壁与围合的绿色形成鲜明的对比。

地质学家普遍相信，冰川的出现对全球气候和生物发展的影响很大，特别是第四纪冰川直接作用于人类的生存环境。中国第四纪冰川的研究，始于著名地质学家李四光。早在1921年，他便欣喜地在山西大同及河北太行山东麓发现了冰川漂砾，识别出冰川流动形成的擦痕；20世纪30年代，四十岁出头的李四光精力充沛，几乎成了山野之子。以许多重要发现作为学术支撑，他先后发表了探讨第四纪冰川现象的论文和专著《冰期之庐山》，提出庐山冰川可分为鄱阳、大姑和庐山三个冰期，及至后来学者提出更晚的大理冰期，第四纪冰川的四个冰期正好与1909年德国学者A.彭克和E.布吕克纳研究阿尔卑斯山区第四纪冰川沉积所提出的四大经典冰期一一对应！

1965年，由时任地质部长的李四光组织的西南第四纪冰川考察队，把螺髻山列为重点，进行了综合考察。云海蒸腾、花飞鸟鸣间，考察队员们面对冰川冰碛、角峰刃脊，考察着、沉思着，久久不愿离去……正是在这里，他们兴奋地发现了可谓"国家级"巨硕的古冰川刻槽。李四光按捺不住激动，于1966年5月11日致信另一位地质学家段为偶，认为中国第四纪古冰川地质工作应该以螺髻山等"典型地区"作为依据。

中国科学院1981年把《中国东部第四纪古冰川问题与环境变迁》及《攀西裂谷》研究内容列为"六五"期间国家重点科技攻关项目之一，并在兰州召开的中国古冰川研究会上，有专家和学者提议在螺髻山上建立"中国第一个古冰川公园"。

螺髻山古冰川刻槽集中出现在基岩裸露、呈东北—西南走向的清水沟源头、大冰窖口附近及前缘溪谷长约2千米的地段,目前已发现5处,刻槽多在山谷两侧的冰溜面上,并且从高处到低处,越往下越大。

可以说,偏于西南一隅的螺髻山,是我国已知山地中罕见的保存完整的第四纪古冰川天然博物馆,它对

堪称"国家级"的古冰川刻槽之一角(何万敏 摄)

于地质学家充满着迷人的魅力。

据1980年卫星遥感资料表明，螺髻山山脊高出海拔4000米的山峰，有58座，峰之集中，规模之宏大，造型之奇异，实属罕见。海拔4359米的主峰也俄额哈峰，是一个典型的金字塔形角峰——角峰刃脊，薄如利刀口，形若鱼龙脊鳍，陡峭的剥蚀面上，怪石嶙峋，令人叹为观止。

漫步于多彩的冰蚀冰碛湖泊

郁郁葱葱的森林中，螺髻山清澈的湖泊仿佛一面面镜子，倒映着树丛峰群和云影天光。

黑龙潭是螺髻山最大的冰碛湖，湖面面积0.3平方千米。一般来讲，冰蚀湖的湖底、湖畔多为巨大的石条、石板，部分为裸露基石；冰碛湖的湖底湖畔则以岩块、沙屑为主，部分湖泊有半岛或湖心岛，所有湖泊的湖周都保存有大量的冰蚀现象和各种冰碛物。

说黑龙潭是冰川湖泊，从其周边的地理结构便大致

黑龙潭是螺髻山最大的冰碛湖（何万敏　摄）

知道湖泊的成因——水源由西北流过来，虽然不是可见的明河，但依次绕过它上面更高几层山地散布的牵手湖、玉髻湖、仙草湖、仙鸭湖、雪茶湖、幽恋湖，就知道这些湖泊的水系其实都是相互关联的，高处的水通过或者浸透暗河，流向了低处的湖泊。而黑龙潭东南方向的出水口，正是前文提到的大冰窖口，水流依山势而下，就是清水沟。除了在大冰窖口的豁口及向下的溪谷即有冰川刻槽，湖泊旁到处可见大大小小的冰川漂砾。冰川石坡成片的地方，几乎难以生长植物，只有冷杉、杜鹃和灌木的衬托，非常显眼。高耸的山峰顶部，虽因寒冷干燥、受物理风化作用而岩石裸露，却并不狰狞，它的四周有绿色参天的冷杉林和带露起舞的高山杜鹃花，还有清流与鸟儿们的歌唱，是一幅令人沉醉的画卷。

我曾经听过地质学家的讲解，螺髻山的绝大多数湖泊，都是第四纪冰川的一批巨大囤冰场所，冰斗底部经过长年累月的发育，形成冰蚀冰碛湖，所以称冰川湖泊。当地人则来得简单一些，他们把螺髻山冰川湖泊叫作"海子"或"干海子"。前者全年积水，就是冰川湖泊；后者因雨季积水成季节湖，冬春时节便是干涸的石窝石坑。

据 1989 年 12 月拍摄的 TM（"TM"是"thematic mapper"的缩写，即"专题绘图仪"。——编者按）卫星照片资料，螺髻山共有冰蚀冰碛湖 33 个，主要分布于海拔 3650 米以上的各期冰围和冰斗中，多数沿主峰山脊两侧呈群状分布，一般相距一百多米，呈圆形或椭圆形，水面宽度多数为二三百米，湖水深度七八米。最具有考察意义和观光旅游价值的，如五彩湖、笔峰墨池、驼峰海、黄龙潭等，都不在现在已经开放的景区内。这些冰川湖泊与黑龙潭类似，大都深藏在原始森林中，水边杜鹃环绕，四周冷杉密布，烟波浩渺，景色奇绝。

日海补杰惹觉得从左边的路先上山，然后从高处俯瞰黑龙潭，才能真正看出黑龙潭的幽深和美丽。我们听从他的建议，在岩石与森林的簇拥下转了7个小时后终于来到一个山垭口，看到远处有一面镜子静谧地躺在山腰。这时的黑龙潭湖面呈黑色，越靠近湖边，因为茂密森林的倒影，颜色越黑。唯有山势敞开的那一面，时而云雾蒸腾，遮蔽了边缘，似湖水与天空相连，时而把蓝天白云揽入水面，幻化出更加旖旎的如同海市蜃楼般的景色。

螺髻山的湖泊有翠蓝、墨绿、草绿、褐红、明黄等诸多颜色。黑龙潭的黑也源于湖底沉积有大量的腐殖质呈黑色的缘故。色彩最奇妙的要数五彩湖，这是一个扁圆形的湖泊，中间一团墨黑；墨黑之外，是一圈浅绿；浅绿之外，是一圈淡黄。阴天只能见到这三种色彩。如果在晴天到五彩湖，就能多见到两种色彩：早晨，可以看到淡黄之外的一圈红色；中午，太阳直射的时候可以看到红色之外的一圈白色。

高原湖泊像是林间精灵的眼睛，她们流出的"眼泪"悄悄潜入雄峙的大山下，以清澈的溪流与无形的暗河将众多的湖泊串在一起，形成一个个小流域，汇聚成清水沟、小槽河沟乃至则木河，滋养当地的山民。

沉醉在杜鹃花王国

"一山分四季，十里不同天，螺髻山像一个植物园。"导游向俊在工作中常常感慨，"整天在山中转来转去，真是一种享受，人都要多活好多年。"

在今天，谁能想象到遥远地质年代的震撼画面？

螺髻山在地质史上处于我国著名的"康滇地轴"中段，地壳隆升出现于距今约 9 亿年的早震旦世。在强

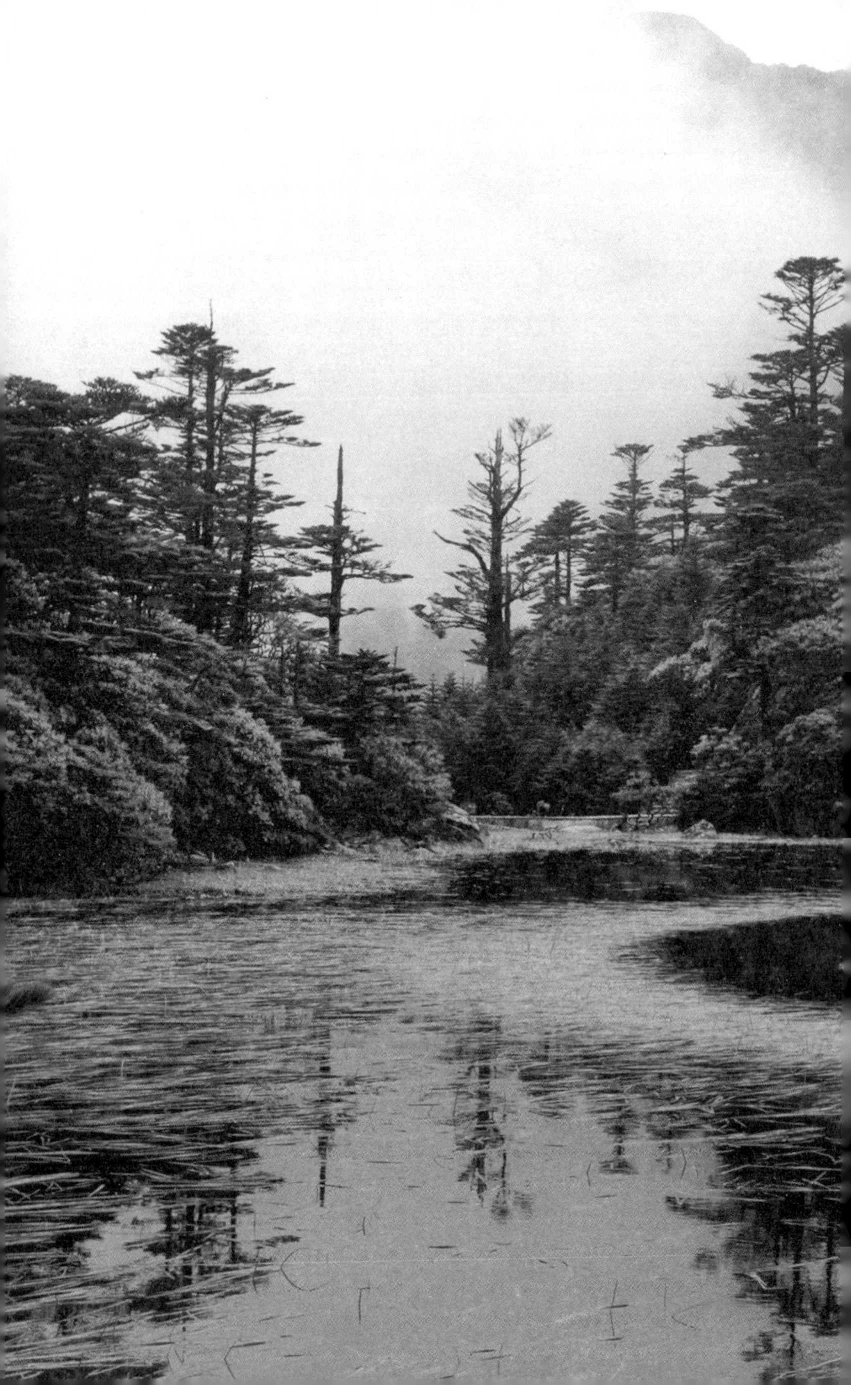

仙草湖别有韵味（何万敏　摄）

烈的火山喷发下形成一层巨厚的早震旦世中酸性火山碎屑岩层，后受"澄江旋回"影响，大部分从水下隆起，在距今4.5亿年左右的晚奥陶世，陆地面积已逐步扩大，以后从未被湖海淹没，为古生物的繁衍创造了条件。

第三纪至第四纪初（距今三四百万年），由于受大规模喜马拉雅褶皱造山运动的影响，其山体沿两侧断裂带不断抬升，至第四纪升至雪线以上，地球上交替出现了若干次全球性的冰期和间冰期。当冰期到来，大量的古生物为了躲避寒冷气候，退至低山河谷一带。化石和孢粉资料表明，在第四纪，冷云杉大致分布在上限为现今海拔2000米左右的河谷地带，随着冰期过去，植物分布上限已大大提高，使许多物种得以保存，这是螺髻山多珍稀物种的重要原因。

据中科院成都生物研究所调查，螺髻山植物区系属中国喜马拉雅—横断山区，区内有森林62.3万亩，其中冷杉等原始森林11.4万亩，计有高等植物180余科，2000余种。特殊的生态条件，加之山势陡峻，天然植被原始类型基本保存完好，扇蕨、攀枝花苏铁、长苞冷杉、丽江铁杉、西康玉兰、银叶桂、香果树、康定木兰等30余种国家第一批保护珍稀植物，都有所见。

喜欢摄影的人如果只上过一次山，无一例外选择的是漫山遍野都是盛开的杜鹃花的初春至初夏。并且我相信，当他们被缤纷的花朵所拥抱时，一定会如我第一次在螺髻山一样，因花海而迷失和陶醉。

在低山爆仗花的火红带动下，沿螺髻山东西两侧中山地带的大白杜鹃、棕背杜鹃、圆叶杜鹃、繁花杜鹃、云南杜鹃、大王杜鹃等，竞相开放。这些杜鹃多系古树，枝干扭曲，虬根裸露，棵棵皆似盆景一样精致。这种大杜鹃树的花形硕大，有红色有白色，还有紫色和蓝色，花开的季节五彩缤纷。特别是一种名叫普格杜鹃的，花呈乳黄色，花簇成球，几乎遍布整个中山区，更别具一种风韵。低山区的高大植株至高山的小叶型杜鹃，演绎山花烂漫的意境，把偌大的螺髻山装扮成了花的世界，摇曳多姿，美不胜收。

走进山里人的生活

每一个早晨起来,只要天空晴朗,从我在西昌城北5楼的住所向南望去,黛绿的泸山由一片层叠的群山衬托,煞是显眼,仿佛背景的那一片群山,轻描淡写般只顾逶迤而去,直至已经与天际相接才作罢。我知道,那就是螺髻山,它静静深藏于横断山脉,紧紧依偎在青藏高原的旁边。

凉山人在谈到螺髻山时往往是很乐意提及峨眉山的。因为早在400多年前的明代万历年间,进士马中良即在他的《螺髻山记》文中写下过"螺髻山开,峨眉山闭"的赞语。而螺髻山名的得来,据说也与峨眉山"姊妹"相关,所谓"峨眉山似女人蚕蛾之眉,螺髻山似女人头上青螺状之发髻"。

记得第一次接触螺髻山,是从认识一位名叫吉布惹哈的彝族人开始的。1988年夏天,为完成四川美术学院的毕业创作,我利用暑假游历到后来改称螺髻山镇的拖木沟区,赶上了彝族人一年一度的火把节。随节日而来的是四邻八乡的彝族人,源源不断。

一片身披黑毡的人群中,一只羽毛艳丽的锦鸡,令人眼前一亮。锦鸡的主人吉布惹哈六十岁开外,黑红肤色、鼻子挺拔,脸庞皱纹密布、双目炯炯有神,虽然上了年纪,可宽肩高个,身板硬朗,矜持高傲的神态,溢着阳刚之气。蹲在一家店铺的墙角,黑色察尔瓦(羊毛做成的披毡)把他双手紧紧握着的锦鸡衬托得非常漂亮。一拨人围过来,看了散去,又一拨人围过来看,没有人问价,他也不急于出手,不露声色地让来来往往的人们尽情欣赏。

吉布惹哈的家居住在螺髻山深处的补尔史村,"就是涅甘哈坡下头",彝语的"涅甘哈坡"就是螺髻山。"山上比这个漂亮的,多得很,你今天就和我一起去,可不可以?"慢慢聊开后,他试探性地向我发出邀请,并告诉我他的祖辈都擅长打猎,因为螺髻山的动物实在太多了。

螺髻山一带的彝族人上山,没有雅兴去赏景抒情。他们与大山相依存,靠山吃山。今年38岁的日海补杰惹的家，就在螺髻山镇的特补乡，他是螺髻山土生土长的彝族人。"中学读书时，星期天就上去拉一根木料下来，卖给森林经营所，得5块钱。"他感慨，"天还没有亮就走，天黑打起电筒才回来，中午只吃一个冷饭团。能挣5块钱，算富有了，因为那时1斤洋芋才卖1角钱。"

现在，他在接受新闻媒体采访时常常会说："唉，那时破坏多了，我现在是赎罪来了。"1998年禁伐后，特别是实施退耕还林以来，螺髻山的植被已经得到了很好的保护与恢复。

和凉山其他地方的彝族人一样，螺髻山一带的彝民过着极其简约质朴的生活，贫困之下只得将物质的需求简化到极至。院落用土墙围起来，院坝后面的则是土墙青瓦房屋。不少家庭里只有一口大铁锅，由3块石头做成的锅桩支撑，铁锅下是不会熄灭的火塘。近来，高山上的原住民得益于移民扶贫政策，搬迁到了低处，新的村庄有了规模，遭废弃的土墙、土房很快就会与大地融为一体。

20年前，我辜负了手拿锦鸡的吉布惹哈的盛情，没有去他的家做客，没有走进螺髻山。可是，我在他动听的描述下初识了螺髻山。而这最早留下的美好印象，被后来身临其境的震撼一再渲染和加深。当然，再美的景致也不能缺少人的"点睛"，比如，螺髻山的葱茏山道前，为我们引路牵马的彝族小伙，那样生气勃勃又血气方刚，为苍茫壮阔的山野风景更添几分活泼生动的气息。

（原载2009年第1期《锦绣凉山》）

索玛花儿一朵朵

每到春天,凉山漫山遍野的花儿竞相开放。在各种各样的花中,最多的当属杜鹃花。只是,杜鹃花在凉山被称为索玛花,正如杜鹃花在中国不同的地方被称为映山红、金达莱、山丹丹。

索玛薇薇,即凉山彝语杜鹃花的音译。"索玛"是杜鹃,"薇薇"是花。需要说明的是,这里的索玛特指杜鹃树,而不是杜鹃鸟。

看见五颜六色的花朵,人们往往眼前一亮,从绘画的角度理解,色彩构成的景象会给人以视觉美感、刺激神经兴奋,这属于色彩学的范畴。至于植物学,我听一位正在埋头苦写植物随笔的作家长谈,实在庞杂繁复。查资料得知,杜鹃花在植物学上,属于杜鹃花科杜鹃花属的木本植物，是被子植物里比较大的家族之一。杜鹃花学名：Rhododendron simsii planch，英文名：Indian azalea，科名：杜鹃花科。我们习惯上常称的"杜鹃花"，实际是指广布长江流域以南的映山红，而广义的"杜鹃花"则是指整个的杜鹃花属。云南山区群众所称的山茶花实际也是杜鹃花的一种；四川某些山区所称的山枇杷，也是杜鹃花的一种。

了解到这点知识其实还十分粗浅，真正见了杜鹃花，可能还是分辨不出种类。我们对颜色，确切地说对花朵更有感觉。

至于近代植物学上的拉丁属名，有书为证，说是瑞典植物学家卡尔·冯·林奈于1753年命名的，他非常有创意地把希腊文rhodon（意为蔷薇色）和dendron（意为树木）两字结合了起来，翻译成中文为红色树木，即我国所通称的杜鹃花。林奈是一个非凡之人，但他早年建立杜鹃花属时，仅指欧洲所产的9个种类。随后有植物学家在亚洲、美洲又陆续发现了该属的另外一些种类，当时并没有引起园艺学界的认识和重视。

直到 1850 年英国人虎克出版了锡金—喜马拉雅的彩色杜鹃花图册后，轰动欧洲，视为珍奇，前往喜马拉雅山区探险搜寻杜鹃花者接踵而至。他们的足迹遍布我国横断山区的西南各地，从而发现了上百种杜鹃花新种。

凉山多杜鹃花，但似乎彝族妇女见惯不惊。只有彝族阿依（小孩），有了兴致会上山摘来含苞欲放的花枝，在村庄的公路旁，向开着自驾车来来往往的城里人售卖，几块钱就能够得到一大把。杜鹃花装点了城里人的家居，乡村的孩子有了购买文具的收入。

凉山人对杜鹃花不陌生，更因为一首《情深谊长》的歌曲，赋予了杜鹃花非凡的意义。歌中深情唱道："五彩云霞空中飘，天上飞来金丝鸟。唉——红军是咱们的亲兄弟，长征不怕路途遥。索玛花儿一朵朵，红军从咱家乡过，红军走的是革命的路，革命的花儿开在咱心窝。"歌曲出自 1964 年 10 月 2 日，为了向年轻的共和国 15 周岁生日献礼上演的大型音乐舞蹈史诗《东方红》，歌曲描述的是红军两万五千里长征经过大小凉山时，刘伯承元帅同彝族首领小叶丹结盟的故事，是民族团结的一段佳话。几十年过去，人们或许已经记不得这首歌的作词者王印泉、作曲者臧东升，却一直记着原唱者著名女高音歌唱家邓玉华。即使后来这首歌一再被宋祖英、韩红、曲比阿乌等歌唱家翻唱，可在人们的印象中还是邓玉华的歌声质朴动听。

春天不是在一天到凉山大地的，因为纬度的南北、海拔的高低，索玛花渐次开放。一段时间里，你要说凉山就是一个大花园，也不为过。所以在凉山观赏杜鹃花的地方有很多。如果你舍得像蜜蜂一般不辞辛劳追花逐粉，那么一定会收获太多的兴奋与甜蜜。

遗憾的是，2014年6月10日，首届四川十大最美杜鹃花观赏地评选，凉山唯有会理龙肘山、金阳波洛索玛花海名列榜中，和瓦屋山、峨眉山、花舞人间、光雾山、海螺沟、木格措、观音山、盐边格萨拉，成为四川十大最美杜鹃花观赏地。这个并不完全具有说服力的结果，是公众评选得分与专家评审得分相结合而来的。我相信，在偌大四川省，还有许多可以观赏杜鹃花的地方可圈可点。单是在凉山来个评选十大杜鹃花观赏地也是绰绰有余的，比如还有螺髻山、小相岭、大风顶等。

春到螺髻山的时候，已经是4月底5月初了，这是山中的春季。有"世界古冰川花园"之美誉的螺髻山，据不完全统计有30多个品种的杜鹃科花，垂直分布在海拔1500米至4000米的山梁上。花的绚烂，对游客是吸引，并且我相信，当他们被缤纷的花朵所拥抱时，一定会如我第一次在螺髻山一样，因花海而迷失和陶醉。

遥远的第三纪至第四纪初（距今三四百万年），由于受大规模喜马拉雅褶皱造山运动的影响，其山体沿两侧断裂带不断抬升，到第四纪升至雪线以上，地球上交替出现了若干次全球性的冰期和间冰期。当冰期到来，大量的古生物为了躲避寒冷气候，退至低山河谷一带。化石和孢粉资料表明，在第四纪，冷云杉大致分布在上限为现今海拔2000米左右的河谷地带，随着冰期过去，植物分布上限已大大提高，使许多物种得以保存，这是螺髻山多珍稀物种的重要原因。"一山分四季，十里不同天，螺髻山像一个植物园。"我至今记得景区导游小姐向俊得意的感慨，"整天在山中转来转去，真是一种享受，人都要多活好多年。"可以想象，到了春天，整个人就完全沉醉在杜鹃花海里，岂不幻化成了花仙子？

龙肘山海拔3585米，位于会理县城西北，山脉其实源于螺髻山，属于螺髻山支脉。山势险峻雄奇、古树奇花茂密、山溪流泉叮咚，幻境奇观记载于明清至近代的史志典籍中。而龙肘山最吸引人的自然景观，还是被称为万亩杜鹃林的"玉岭花海"。也是四五月间，龙肘山进入旅游的黄金季节，游人从四面八方纷至沓来，看花、赏花、拍摄花。海拔2000米的地方，杜鹃花已随处可见。随着公路的蜿蜒和海拔的增高，才来到云雾缭绕的大山腹地。放眼望去，杜鹃花的种类已越来越多，生长也越来越茂盛，形如屏障。远近高低全是令人赏心悦目、眼花缭乱的杜鹃花林，色彩缤纷，万紫千红。

晴天看花，五光十色，灿若彩霞；雨中赏花，云雾迷蒙，若隐若现。龙肘杜鹃林面积1.1万亩，故有"万亩杜鹃"之说，而其中最大的一片就有三四千亩。龙肘山杜鹃花有50多种，其中包括雍容华贵的黄色云锦杜鹃，娇艳多姿的大王杜鹃，素雅圣洁的绿点杜鹃，以及长蕊杜鹃、团叶杜鹃、美容杜鹃等名贵品种。杜鹃花小的花径仅1厘米左右，大的可达15厘米。入山牌坊处有副联，道出其妙处："山以龙传，万里烟云归咫尺；人因花醉，四面碧涛话平生。"

如果说，会理县龙肘山的杜鹃花尚有几多文化养分的话，那么金阳县波洛梁子的杜鹃花则是富有天然野趣了。已是初夏，山中的杜鹃花才渐渐盛开。波洛梁子地处热柯觉乡，据说这里的杜鹃花有10万亩之多，品种也不少于50种。没有人去测量面积，也没有人去辨识品种，置身花海，人们只有抑制不住的冲动，数码相机的快门声雨点般密集，感叹不已的赞美声此起彼伏。彝族著名诗人俸伍拉且提笔写出诗句："索玛花盛开的日子/来到山坡上/花的芬芳/浸透我们的肌肤/浸透我们的呼吸/芳香着我们的五脏六腑/索玛花年年都会盛开/我们年年都来/让目光辽阔地展开/让缤纷的色彩/把目光/染得色彩缤纷……"

登小相岭，沿新修的景区公路蜿蜒而上，我们会发现一个有趣的现象：从低海拔往高海拔上行，杜鹃花先是高高在上，植株高过我们很多，随着海拔高度的上升，植株慢慢变矮，我们的高度超过了杜鹃花，到了山顶的灌丛草甸，杜鹃花则成了矮小的灌丛林。海拔2000米左右的山坡上，阴暗针叶林的上方，杜鹃花群落呈灌丛状分布，其高度不足1米。杜鹃花喜生于空气洁净的山间或丘陵，特别喜好深山和高山，平原很少有杜鹃花的天然分布。其理想条件是气候冷凉，空气潮湿，云雾缭绕，雨量充沛。耐严寒，忌酷热。凡红壤、黄壤、冰迹土、石砾地、沙地都能生长，喜酸性，忌盐碱。有喜阳光的，也有耐阴的。从低海拔到高海拔，一直到树木线以上都能生长。矮生多枝的垫状类杜鹃常形成纯灌木林，成为高山特殊的景观。在那巍峨皑皑的雪山上，挺拔的高山原始针叶林内，绿草如茵的高山牧场，一些连猿猴、岩羊也难于攀登的悬岩峭壁间，都镶嵌着成片成片的各种不同种类的各色杜鹃花。

植物学家统计过，全世界的杜鹃花有900多种，我国就有650余种，其中500多种杜鹃花集中分布于西南山区，特别是横断山区海拔3000米以上的高寒地区。

高寒的山地不仅分裂了高山杜鹃的族群，也给了它们坚毅的品性。在这个几乎所有乔木都不能生长的地带，唯有杜鹃花能耐受冬季的严寒。它们彼此紧紧相挨，形成难以进入的丛榛，这种"霸道"的作风排挤掉了许多别的植物，进一步巩固了杜鹃花的地盘。所以横断山区的杜鹃花灌丛是真正的原生杜鹃花灌丛，也是我国最值得保护的植被类型之一。

杜鹃的形态有小乔木或灌木。主干直立，叶形多变，有卵形、心形，但不呈条形，叶质为革质或纸质，有常绿、落叶、半常绿之分。花常为顶生总状花序或伞房花序，花冠明显呈漏斗状、钟形，单、重瓣皆有，花色丰富，有白、红、粉红、紫、紫红、偏蓝色、红白复色，并有条纹和斑点等种种变化。有的花芳香四溢，有的花则无香无味。花期因品种不同而长短不一。

历史上，西藏是西方人最早进入并进行杜鹃花采集的地区之一。欧洲人早在19世纪中叶，就进入我国西南地区的横断山区进行大量的采集，但当时他们的行为并没有引起人们的注意，因为人们更多的是在抨击那些如斯坦因一样来中国考古探险的人。而对于像美国人约瑟夫·洛克、英国人威尔逊一类的植物采集者，中国人大多给予尊重。这其实是由于人们心中对于"自然科学"和"人文科学"持不同的理解而造成的。大部分人觉得自然科学研究和考古、探险、偷运文物是性质不同的。但当我们看到，从中国采集的杜鹃花物种，到欧洲经过杂交繁殖，装点着欧洲的园林，甚至高价出口卖回中国，那种感觉，其实和大英博物馆里放着中国文物没什么实质性区别。

大批的西方植物采集者中，有个叫乔治·福雷斯特的英国人，是从云南省采集杜鹃花最多，对西方园艺影响最大的人。从1904年以后的26年间，他7次来到中国，采集了3万余份干制标本，为他的国家引回上千种活植物，其中包括250多种杜鹃花，使爱丁堡植物园成为了世界杜鹃花研究中心。

西方人对杜鹃花的狂热，似乎和中国人形成了很强烈的对比，也正因为如此，才造成了人们之前对西方人到中国来采集物种行为的漠视。西方人从中国采集了大量的物种资源，回到自己的国家进行培植、变种，培育出更多新的品种，推动了他们国家的园林建设，并从中获得了大量的商业利益。他们用百年的时间，就让中国横断山和喜马拉雅山中的杜鹃花开满了欧洲的各大植物园，并不断地繁衍生息，如火如荼。而在中国，人们对花卉的欣赏，好像更多地依赖于文化的传扬。虽然诗人白居易把杜鹃花比喻为"花中西施"，赞美"花中此物似西施，芙蓉芍药皆嫫母"，并称"回看桃李都无色，映得芙蓉不是花"，但从古到今，文人们咏梅、咏兰、歌牡丹、颂莲花……唯独对杜鹃花的关注，实在太少。

看吧，最美的杜鹃花就开在大凉山中。最绚丽的风景，就在你我的身边。

（原载 2014 年第 2 期《锦绣凉山》）

发现凉山杜鹃花

"我发现杜鹃花了!"5月初的一天,我接到张霖的电话,没有寒暄,也不废话,一开腔就是这句完成时的结果,不让你打岔,不容你怀疑,语气中还有些许兴奋。我仿佛能够看见他的笑容以及由内心生发出来的激动感情,心想,凉山何处不杜鹃——不就是看见杜鹃花了吗?值得如此动情吗?

朋友张霖的工作单位是德昌县林业局,显然其工作性质包含经常去县域内的山头林地巡视,加之喜欢摄影与写文章,热情驱使他不愿待在办公室长期和工作简报、讲话材料打交道,是我能理解的工作乐趣。本质上人都属于自然之子,尤其是被钢筋水泥的空间所困,一旦置身大自然,放松了身心的精神愉悦,有时候一瞬间难以言表。那天,恰巧我正在登临峨眉山的旅行车上,一起参加中国报纸副刊研究会采风的同道,喜笑颜开,听出我的片刻迟疑后,他着急地补充:"哦——,不一样哦!经常看见杜鹃花确实不稀奇,这一次真还不一样,起码有上万亩。哎呀,真是漂亮惨了!"

几乎是在他的一连串感叹声中,我被他发现的杜鹃花所震撼。

每到四五月春上,凉山许多地方的杜鹃花竞相开放。其时,农历上的春季已过,却因为海拔较高的缘故,在6万多平方千米的广袤大地上,漫山正春意盎然。我在《索玛花儿一朵朵》一文中,写过彝语叫"索玛薇薇"的杜鹃花,盛开在普格县螺髻山、会理县龙肘山、金阳县波洛梁子、喜德县小相岭等地的美丽景象,其实还有文中没有提到的美姑县黄茅埂、会东县海坝乡、昭觉县七里坝等。可以说,杜鹃花在凉山随处可见。但毫无疑问,于德昌县姑姑山(属尚未开发的螺髻山景区范畴)发现万亩杜鹃林,的确算得上是一次美丽的发现。

从他传来的图片和简单的文字可以看出，杜鹃林位于德昌县小高乡杉木村姑姑山，面积集中，分布区间为海拔 2900 米至 3500 米的高山台地，其中面积超过 2000 亩的杜鹃纯林有 4 处，与相连的零星杜鹃树相加，一大片的面积超过万亩。看来，张霖难以抑制激动是有道理的，何况杜鹃花开在他们的地盘上，就像开在他们林业人的心里。

同时，我相信，偌大凉山，一定还有杜鹃花悄然开放，只是长在山中人未识。

发现杜鹃花之路，无论如何都谈得上是赏心悦目的探寻。

在中国，杜鹃花特别集中于云南、西藏和四川三省区的横断山脉一带，这里是世界杜鹃花的发祥地和分布中心。

"由于横断山格外特殊的地质地貌以及它格外丰富的生物资源，早在 19 世纪末期以来，就不时地吸引着西方的科学家和探险家光顾此地。"作家马丽华在《青藏苍茫：青藏高原科学考察 50 年》著作中，对横断山区动植物多样的成因，有过颇有说服力的描述："横断山脉是青藏高原的东部延伸，在地质构造上处于南亚大陆与欧亚大陆镶嵌交接带的东翼，是中国东部的太平洋带与西部的古地中海（特提斯）带间的过渡地带。当印度洋板块由南方俯冲而来，青藏高原难以随之向北推进，因为北方有华北地体和塔里木地体铁壁铜墙的坚固防线，它被迫向上生长的同时也向两端流逸，但东方又有扬子板块阻挡，横断山脉因此改向；由于印度洋板块以年速5厘米的速度北上，一刻也不曾停止，这一连接地带就集中突出了地球内部运动的矛盾，不仅地质构造复杂，地貌也复杂。碰撞推挤的板块在此间形成的山势高峻，峡谷深切，巨大的落差使江河奔腾而下。三江（金沙江、澜沧江、怒江）峡谷作为仅次于雅鲁藏布大峡谷的第二大水汽通道，为横断山区带来了丰沛的虽然不够均衡的降水，令横断山区植物丰富多彩，堪称生物避难所、生物多样性宝库，并为重要的生物起源及分化中心之一。总而言之，横断山区是研究地学生物学并解决许多重大理论问题的关键地区。"

她进而写道:"丰富多彩的气候,高差悬殊的地貌,使植被生物呈现五光十色、欣欣向荣。动植物多种区系在这里交汇共生,又因古地理气候环境变迁而重新分化,并富含古老和孑遗物种'活化石',是中国弥足珍贵的物种基因库。丰富的植被类型既集中在垂直自然地带,又使全区由高及低、从理塘高原向南过渡到滇中高原呈现水平地带变化。"

按照地理学家的划定,凉山州的许多地方正属于横断山一带。我翻开多年前得到的《四川植被》一书,查阅杜鹃在这块土地上的分布,我承认,读这样的文字远没有走进山中来得惬意。

摘选《四川植被》一书中几段和凉山相关的文字如下:

> 川滇冷杉林,是四川西南部横断山南端与云南省接壤地区的一个亚高山针叶林类型。大致分布于北纬29°以南、东径103°30′以西,包括甘孜藏族自治州的九龙县瓦灰山以西、凉山彝族自治州

黄茅埂以西至云南西北部。在九龙一带分布幅度为海拔3600—4000（4200）米处；凉山彝族自治州为3000—3800米的阴沟和沟谷；在西昌、木里地区只分布于螺髻山、鲁南山、小相岭、牦牛山等高山3500—3900米的阴坡、半阴坡，多呈零星块分布……

林下灌木的组成，视林冠郁闭情况和林地环境条件而异。在郁闭度小、透光性强、林内湿度小、平缓谷坡的地段，以多种大型杜鹃如大白杜鹃、假乳黄杜鹃、凝毛杜鹃、云南杜鹃等为主……

冷杉林分布于四川盆地西缘山地，北纬28°30′以北，东经102°以东沿巴郎山、二郎山、大相岭、小相岭，东北—西南向的狭长地带。包括……冕宁、越西、雷波、美姑等县的部分海拔2600—3700米阴坡、半阴坡地区……群落外貌深绿色。乔木层结构单一，纯林中仅冷杉一种……大片的冷杉林多为过熟林，林中腐木、枯立木或断梢，旗状树冠极普遍……而这些断梢木和枯立木上又常附生着树生杜鹃,每当花期,红花映绿,又有枯木逢春之意。……林下种类则以美容杜鹃、大白杜鹃……组成盖度40%—50%的灌木层。

云南铁杉林分布于峨边、马边、雷波、美姑、甘洛、越西、冕宁、九龙、木里等县。……常见于温暖湿润的沟谷或谷坡,上限为云冷杉林,下限为常绿阔叶和落叶阔叶混交林或常绿阔叶林……灌木层,以大箭竹、箭竹为主,盖度可达60%—70%,其他常见的有毛蕊杜鹃、两色杜鹃、云南杜鹃……

腋花杜鹃灌丛主要分布于昭觉、金阳、布拖、普格、西昌、德昌等地。分布在海拔2700—3500米的地带。腋花杜鹃对生长环境适应能力很强,阴坡、阳坡、阶地和山脊均能生长。在海拔3000米以上的缓坡、山脊,腋花杜鹃常形成单优势种灌丛,因大风和霜雪的影响,灌丛低矮、稀疏,并呈团状;在海拔3000米以下,腋花杜鹃常与其他灌木混生,共同组成多优势种群落。除腋花杜鹃外,矮高山栎、凉山杜鹃等也常见。①

上述调查,是由原中国科学院西南生物研究所,从20世纪60年代伊始至1976年完成的四川植物调查"家底"。

至此,我才知道,杜鹃的大家族中,还有"凉山杜鹃"。果真,网上很容易查询到"凉山杜鹃"词条:

凉山杜鹃(学名:Rhododendron huianum Fang):灌木或小乔木,高1.6—4.5米;树皮呈红褐色;幼枝粗壮,直立,淡绿色,无毛;老枝灰绿色,有明显的叶痕。冬芽顶生,椭圆形,无毛。叶革质,长圆状披针形,上面绿色,下面灰绿色,无毛。总状花序顶生,有花10—13朵;花冠钟形,长3.5厘米,直径4.3厘米,淡紫色或暗红色,无毛,裂片6—7片。蒴果长圆柱形,微弯曲,暗绿色。花期5—6月,果期9—10月。生长在海拔1300—2700米的森林中。分布在中国四川西部

---

① 对原文略有删改。

和东南部、贵州东北部及云南东北部。该物种花朵美丽，颜色鲜艳，具有较高的园艺价值。

在林林总总、名目繁多的植物界中，有此命名，可见凉山杜鹃具有的独特性。至于命名者Fang是谁，他（她）1939年又是在什么地方发现"凉山杜鹃"的，我并没有得到确切答案。

在四川省，杜鹃的身影最早出现在几千年前四川地区的古老王国蜀国的传说中。《四川通志》记载，"望帝自逃之后，欲复位不得，死化为鹃"，人们相信蜀人的祖先"望帝"杜宇死后化身为杜鹃鸟，啼血染尽漫山遍野后才出现了杜鹃花，杜鹃花这才有了"映山红"的别称。

无独有偶，2015年5月底，一次以"发现杜鹃花"为名的科考教育活动，由普通民众和专家组成，在阿坝州多地完成了丹巴、大白等数十种杜鹃花的辨认、样本采集以及科学摄影。活动由四川省林业厅主办，中国保护大熊猫研究中心、四川横断山杜鹃花保护研究中心以及中科院植物研究所承办。目的是让公众与科研"亲密接触",解决公众与科研之间的"断层"问题。正如中科院亚高山植物研究院高级工程师王飞所说:"公众对杜鹃花的认识仅仅停留在家养观赏型的人工种植杜鹃,对横断山地区丰富的野生杜鹃资源的了解也仅限于表面,对其生长所需要的环境更是知之甚少。"

观赏与科考之间有很多不同。"对于普通人来说,科学摄影能让他们发现植物的细微之美,这有助于改善我们对自然的认识、对美的认识,甚至改变对自我的认识,因为人也是自然的一部分。"中国保护大熊猫研究中心工作人员衡毅说道。新华社在报道中,引用四川横断山杜鹃花保护研究中心主任魏荣平的看法,指出在专家的指导下对杜鹃花进行科学摄影和专业讲解是一个良好的开端,最终目的在于通过对一种植物生长环境与状况的了解,"让公众认识到生态平衡的重要性,从而唤起公众自觉保护身边的动植物资源,爱护自然环境的意识"。

而在四川省林业厅副厅长降初眼中,对杜鹃花的推广并不止于普通民众,他眼光更加广阔,希望自然资源丰富的四川省能够成为全球杜鹃花的研究中心。

尽管中国有"世界园林之母"的美誉，全世界杜鹃植物的研究中心却在英国爱丁堡皇家植物园。这个中心创建于1761年，杜鹃研究在这里一直占有相当重要的地位。植物园主任巴弗从1904年即开始派遣采集员分赴世界各地，乔治·福雷斯特仅1934年一次就带回了植物标本、种子苗木等3000多种。如今，在中心植物标本室里，整齐排列着一排排大型的铁柜，其中有80柜全部存放着采自世界各地的杜鹃花标本。这是世界上收集杜鹃花资料最多、最完整的地方，在植物园内也从世界各地引种了400种杜鹃花，再通过种间杂交，培育了上千的杜鹃花品种，传播至世界各地。不丹杜鹃、乳黄叶杜鹃在我国的野外已为数不多，处于濒危状态，可是在这里生长得却很好。

不得不承认的事实是，"中国杜鹃花对西方园林的影响可以说是引起西方园林界一次革命性的变革，"《中国国家地理》主编单之蔷曾经在一篇文章中说，"没有任何一种植物能像杜鹃花这样，引起整个欧洲园林界的轰动,并因此影响和改变了欧洲园艺界的发展和植物园引种栽培的方向。"

18世纪至20世纪,那个自然科学狂飙突进的大时代,欧洲的探险家们满世界游走。借助地理大发现和工业革命的成果,有兴趣有实力的英国贵族们致力于收集各国奇珍,但并不是每个博物学家都会像达尔文那样拿出几年时间,以身赴险通过全球旅行来收集第一手资料。这就催生了一个特殊的探险家群体,他们踏遍千山万水,将收集来的各种物品高价卖给有需求的收藏者和研究者。这些探险家中既包括斯文·赫定这样声名狼藉的文物大盗,也包括"植物猎人"这个低调神秘的群体。

一个合格的"植物猎人",不但要有足够的勇气、强壮的体魄在野外渡过一次次难关,而且要有丰富的知识和扎实的植物学功底,以帮助其辨别哪些植物值得收集。

"那可不是一份安全的工作,在人迹罕至的地区,'植物猎人'们要冒着一不小心就会从山上掉下去的危险。还有的'植物猎人'不慎误入流沙区,很快被吞没。还有人千辛万苦找到了稀有的植物,但在采摘时划伤了自己,结果严重感染。"私募股权投资基金泰丰资本的首席投资官葛涵思,对前往英国切尔西采访皇家园艺协会花展的《瞭望东方周刊》说。在"植物猎人"受到资助开始进入中国寻找稀有植物的同一年,英国皇家园艺协会就搬进了伦敦切尔西区。几年之后,当切尔西花展开始举办时,英国上下掀起了园艺热潮——甚至接踵而至的第一次世界大战都没有阻碍这种热潮——而"园艺热"又加大了人们对植物品种的需求,从而鼓励"植物猎人"寻找更多植物来装点园艺。

这些"植物猎人"中,除了大名鼎鼎的乔治·福雷斯特,还有在英国博物界有"中国威尔逊"绰号的恩斯特·威尔逊,他是19世纪末20世纪初英国最有名的"植物猎人"之一,在他1930年死于交通事故之前,他共收集了4000多种亚洲植物运往英国。面对在中国看到的众多植物,威尔逊感慨道:"如果没有早先从中国大花园引进的品种,我们今天的园林和花卉资源将是何等可怜。"他在后来出版的《一个博物学家在华西》专著中,给予中国极高的评价:"在整个北半球的温带地区的任何地方,没有哪个园林不栽培数种源于中国的植物。"

发现杜鹃花的眼睛,长久以来一直逡巡在生机勃勃的大地上。

(原载 2015 年 7 月 10 日《凉山日报》第 7 版)

金沙江上溜索人

接近晌午,高原阳光从青蓝色的当空倾泻而下,把金沙江峡谷这一段照射得明晃晃的,尽管才过早春二月,却已是燥热难当。此时,两岸陡峻的大山阴影,并不像更多的时候将山地和江水遮蔽,只拖着短暂的尾巴,勾勒出悬崖底下金沙江迷人的曲线,蜿蜒而去。

奔流的金沙江吸纳了强烈阳光又反射过来,我戴着太阳帽也只能眯着眼睛,眺望高耸的山峰,探望脚下的江水——是的,我和摄影师钟源都悬空站立在由几块木板钉做成的大筐中,正溜索过江。和我们一起站在筐中的蒋子元使劲拉着钢索,陈仲友双手推着木筐,双脚蹬在一根钢绳上,如耍杂技般向前走动。金沙江泛着亮光,陈仲友和蒋子元的脸因天空中云彩和谷底下江水折射的光线，显得神采奕奕。而说实话，我和钟源都有点提心吊胆，背心里不知什么时候沁出汗来。

溜索是一种生活

金沙江在这一段是向北奔去的。向着北方，左岸是四川省布拖县牛角湾乡解放村，右边则属云南省巧家县茂租乡拖菇村。170米长的4根粗钢绳凌空飞架，离江面有80米高，每一根钢绳直径约有6厘米，在两岸均深深扎于岩石之中，并铺以混凝土固定，边长约2米的正方形木筐四边，由坚固的8个滑轮套于4根钢绳上，便成为一种用于过江的简易交通工具——溜索。"茂租乡地盘有11溜。"这句话从空中传来，就在我们头顶的陈伸友戴着一顶紫色线帽，他说自己刚剪了头发，"江上风大，吹得脑壳痛"。

溜过金沙江，我是要去采访金沙江上有名的溜索人熊朝伍。两天前，从州府西昌经布拖县城直奔江边，正好遇见熊朝伍在溜索，我们约定第二天来，却未料四川这边唯有的一条沿江公路垮塌不通，待步行去金阳县对坪镇采访完"榨糖人家"返回时，已过两天。

好在熊朝伍就住在临江这座大山的斜坡上，陈伸友和蒋子元答应去叫"老者"下来，趁光线好先拍摄照片，随后我们再聊天。

金沙江水哗哗作响，峡谷依然有着空旷的静谧。头顶烈日，尚在用药的感冒令人疲乏，想着将要进行几个小时的采访，我选了一块平坦的巨石躺下。因为春节刚过，我想起一年来个人生活的小小变故，我想起我的孩子、我的父母、我的弟弟妹妹。生活应该像数十米山下这江水吧，时而宁静，时而咆哮，就这般汩汩流着。人与水的密切关系，或者人与大地的紧密联系，不用说，傍江而居的农民别有体会。峡谷中的景象可以用荒凉来形容，太阳太烈了，峭壁呈现出暗红色，斑驳绿色，仅是低矮的灌丛，夹杂在枯草中摇曳。地势险峻，大体上金沙江两岸人口稀少，当然土地就更少了。但只要有人在此居住，他们就会以开垦者的眼光，视绝壁间一点起伏的台地为生息的家园，寻找每一寸能留住几株幼苗的土地，要把庄稼种在险恶的高山上。远远相望，巨岩边有一排土墙紧靠，坡边是几小块土地，地上还可见零星的苞谷秆，明黄的颜色带给土地几许生机。看得出，那是熊朝伍配得上用"伟大"或"壮丽"来形容的生活。

神情怡然的熊朝伍坐在我面前，怎么也不会让人相信他已是一位72岁高龄的"老者"，我则亲切地叫他"熊大爷"。熊大爷说，这处溜是1991年3月请人来设计了以后开始修的，第二年才整好，花了2万元钱。几年前，四川那边的沿江公路刚通的时候，溜索生意好得很，单是拉魔芋过去，就有十几万斤。唉，现在不行了，现在一天只挣几块钱就不错了。

溜索在云南这边到头处，有一就地取泥土冲墙而成的简易房屋，不高，却还分为两层。下层其实是供人上下的一块小平台，有一道木板钉成的门，夜晚把门关上，避免什么人来过江出危险；上层用木棒和枝条搭建，上面也用泥土拍平，是溜索人睡觉的地方。

土屋的墙上挂有一块"渡江管理"的牌子，上面写着"收费标准：1. 载重100斤收费2元，1米以上的公民2元；2. 牛马每匹收费15元，小猪每只1元，肥猪10元"。熊朝伍说："是茂租派出所写好后，请人用粉笔写上去的。"他还说："拉100斤收2元，拉1000斤该收20元，结果还是要讲价钱。"

如今，无论是四川还是云南，县道、乡道的建设都加大了资金投入，当地政府经常提到的口号之一便是"要致富，先修路"。闭塞的交通，严重制约着地方经济和社会的发展，同样也阻碍了人们意识和观念的进步。逆江而上，沿途除一些溜索外，我还看到了新建的跨江大桥，且听说不远处通阳大桥也快修建了。但面对年迈的熊大爷和两位同是58岁的陈伸友、蒋子元，看着他们不经意流露出的一丝沮丧，我的内心已经无法辨别到底是为建桥喝彩还是为他们微薄收入来源的溜索叹息。

经营惨淡，茂和乡干脆把经营让出来，愿意参与的人则以买股多少决定经营天数。每股交700元。熊朝伍占3.5股，陈伸友和蒋子元各出350元合为1股；其他人如肖发品、肖发万、肖富云、卢明友、王大美、梁文清等各有0.5股。这样算来，每1股可拉4天。也就是说，每个月，熊朝伍能拉14天，而陈伸友和蒋子元一起拉4天。至于每天溜索的收入，就全靠运气了。

交接班的规矩是，上交下接，下不接上不走。谁接班，都得先检查钢卡、滑轮、木板等，要都好，才能开始溜索，以确保安全。大家买股的钱，有一部分拿来维修。10年要换一次钢索；每年需要更换一次滑轮，每个滑轮120元，换8个滑轮就近千元；每年还需要打黄油3次，用于润滑滑轮和钢索，每次打黄油15千克。

因为要保管好溜，溜索人不能在家里头歇息。陈伸友从白泥社，蒋子元从老鹰石社的家里走小路到江边，约一个半小时。他们各自背上被子、煮饭的锅、土碗，还有1千克大米和一点腊肉、白菜等。4天溜索时间，他们吃住都在江边。

说起来，陈伸友和蒋子元还是"亲家"呢。陈伸友家共9口人，82岁的母亲健在，另有4个儿子，1个儿媳和1个孙子，老伴和儿子们在6亩地上种苞谷、红苕，再养猪拿去卖。陈伸友的大女儿陈永秀嫁给蒋子元的大儿子蒋茂福已经 11 年，有两个孩子了。

更有趣的是，"老者"熊朝伍还是陈伸友的表叔。至于怎么一个"表叔"法，陈伸友笑嘻嘻地道："以前的老亲，说不清楚了，喊就喊表叔。"

一段命定的情缘把他们联系在一起，一条奔流的江水再把他们的情谊绵延。

爬过半个小时的山路，气喘吁吁地走进熊朝伍的家。熊朝伍原来的家在拖菇村，离江边这里有 5 千米远，步行需两小时。为溜索，他在这里以每亩 6 元的押金，承包了 35 亩荒山，栽种合欢树、苦楝树等，庄稼地里种苞谷、红苕，再拉溜，在艰辛的劳作中享受着生活。我将之称为享受，另一层含义是，只有当你置身险峻的环境，你才能体会到为了最基本的生存，人们能够怎样锲而不舍，将意志与肉体的努力发挥到极致。

即使俭朴，仍遭不测。2000 年 6 月，熊朝伍和老伴徐正英辛苦喂养了 4 头各 150 千克左右的猪，被人在夜晚偷走两头，看家狗被贼打死。熊朝伍向派出所报案，至今仍未查出。后来，熊朝伍还记得多年前央视《东方时空》记者李晓明来拍片时讲过，"有不合理的事情去找他"。上北京太远，他儿子到昆明打工，就去央视驻云南记者站，办公室找到了，但李晓明并不在。

熊朝伍和徐正英生养有5个子女，都不愿过来帮忙。老两口却是过惯了有溜索的生活。"我们在这里做活路，方便。"听着这样的话，我想，熊朝伍心底知道，大山间收获甚少的土地、金沙江大峡谷的景色、通过溜索跨越江河的乡民，都一样令他难以割舍。

心中惦记着老者

到金沙江边采访溜索人家，是我的同事钟源的主意。我春节大假去丽江旅行回来，便匆匆赶到金沙江边。极大的反差是，玉龙雪峰下人满为患的丽江，因游人的纷至沓来名为"世界奇观"；而在金沙江峡谷呈现的壮丽而荒凉的原始景观，只是当地人习以为常的生息家园。无论是头顶当空的烈日，还是脚下永不停止咆哮的江水，都是家门口再自然不过的事情。

生长于美姑县，我对行走与地理的兴趣，使我对金沙江的感情与对美姑河的领悟一样，有了一种归属感，因为，美姑河只不过是发源于青藏高原的金沙江整个流域不计其数的涓涓支流之一而已。地理书用"横断山脉"标注的这块地方，因漫长的造山运动形成许多山势陡峭的切片，金沙江的名气，应该与此相关。

名江大川同样锻造着人的秉性。以72岁却仍然硬朗的身板飞跃在金沙江上的熊朝伍，给我能想到的"坚韧刚强"一词赋予全新的深意。他的身影连同生命，与江河与大地融汇，尽管每一次的起点至终点，都需经过艰难的跋涉。

熊大爷将鸡关进笼子，过江来到公路边眼巴巴地望了两天，像等亲人般盼着我们。我们阻拦了他杀鸡。锅米饭、一碗全肥的腊肉、一盆青菜汤，6个人吃得很香。临走，我和钟源各掏了20元钱分别给熊大爷、陈伸友和蒋子元。采访中，我特地去熊大爷的床边、灶台边，以及另一边的鸡舍、猪圈看过，我承认，那已是简易得不能再简易的家了。

经过6个小时的采访后,我们驱车在夜幕中赶往宁南县。回头望,他们已是最晚夕阳中暖色的几朵云彩。我知道,我会把金沙江峡谷的老者熊朝伍,还有陈伸友、蒋子元这些人当成自己在当地的亲戚,经常想念他们。

(原载2004年7月4日《凉山日报》第6版)

榨糖人家

上午9点后,明晃晃的太阳跃出金沙江东岸的大山,一下把西边幺米村的大地照得亮堂堂的。此时,22岁的小伙子曾居荣已是满头大汗,汗滴在阳光中晶莹剔透……"主人家最累了,帮忙的要松点。"帮忙的乡亲姚永强头发已湿,"榨糖这段时间最累,大家睡着了,主人不起床喊就认不得。"2月18日这天,曾居荣家的榨糖从凌晨2点开始,算起来,他们将干到下午6点,持续16个小时的榨糖中,只有两顿饭1个小时的时间休息。

早春二月的金沙江峡谷,绿染杨柳,四川省金阳县春江乡幺米村,热气蒸腾。周遭弥漫着甘蔗和红糖的甜香。

在金阳县对坪工委客房住过一宿，次日早晨驱车赶到春江乡幺米村时，正为榨糖忙碌的农民们头上已沁出汗水。柴油榨糖机富有节奏的响声，敲击着我开始雀跃的心。

站立在沿江公路边眺望，眼前是将黏土冲进墙而筑成的糖坊，一片平缓的山坡上有4间糖坊，远处的山脚下是金沙江，不止不歇地流淌着。"这里缺水，好像只有种甘蔗好整点。"农民的话让我费解，守着一条江怎么会缺水？"曾经试过从江里抽水上来用，但那太贵了，哪用得起哟。"刘大元做向导，我跟他气喘吁吁地爬了1个小时的山，去看全村用的一股水溪的源头。清澈的水几乎可称得上是"矿泉水"，但水流量小，全村人的饮用和农用全都是这水，当然不够。再有，气候燥热，干季雨季截然分明，对种植其他农作物都算得上考验。对坪的青花椒闻名州内外，只适宜种在高山上；沿江也试种柚子两年，树长得绿，就是不怎么结果。传统的种植甘蔗一直被农民拿在手上，而土法榨汁熬红糖则更像是一门手工艺活了。

虽然冬无严寒，但这里暑热难当。"现在这个日子算最好过的，六七月份最热，室内温度都有35摄氏度，不盖啥子都滴汗水。白天看到地上的太阳光像烧火一样。"幺米村向东队队长刘大元，递给我一截甘蔗让我吃，他接着说，"种点苞谷都难种，晒干了。过去还有点花椒，去年又起步搞蚕桑，好像效果都不明显。"由于缺水，长久以来春江乡、金沙江谷地一带都以种甘蔗为主，幺米村的44户农民195人，靠种甘蔗榨红糖的收入过日子。刘大元说，全村种有100亩甘蔗，如果拉甘蔗去卖只有1角5分钱1斤，做成红糖1斤则在9角到1元钱之间"打转转"。

幺米村的4间糖房，修建时大家自由组合，凑钱建成。曾居荣这天榨糖用的糖房最大，有21户共用这间糖房。谁家榨糖，时间是一起抽纸条定的。每年榨糖的时间安排在春节前后，共两个月左右，春节前的叫冬班糖，春节后的叫春班糖。每家榨糖的时间，视收割甘蔗的多少用一至三天。曾居荣家砍的甘蔗5000千克，榨红糖一天时间就够了。此前两天，刘大元家的甘蔗刚榨完，用了两天时间。

每年的榨糖，本身就像是过节一样。"咚咚咚"柴油榨蔗机的轰鸣，打破了村庄的宁静。不管哪家收蔗榨糖，四邻的乡亲都会来帮忙，整个过程就成为集体劳作。大人们围绕糖房忙开了，小孩子们更是被蔗糖甜蜜着。

在堆一大堆甘蔗的糖房里，人们先将甘蔗用柴油机带动的榨汁机榨干水分，甘蔗渣就被一旁的人用背兜背到自家居前屋后捆扎放好留作燃料。甘蔗汁水顺一条小沟流进稍低处的一口方池子里，略沉淀后汁水又顺一根长长的胶管流向更低处，流进下面熬糖的大锅里。下方半边搭棚的屋下是一排土砌的长灶，灶上一字排开由大到小依次砌了7口铁锅，前4口大铁锅直径约106厘米，后3口铁锅直径约93厘米。台下直通通的灶里，噼里啪啦燃烧着由晒干的甘蔗叶裹住晒干的甘蔗渣，使上端高耸的土烟囱里冒出一股股浓烟。大火把铁锅里的甘蔗汁烧得沸腾，7只铁锅依次是熬糖的各个蒸馏阶段，烧糖的师傅不时往这锅里倒点菜籽油，往那锅里撒上点白石膏粉，每口铁锅里的甘蔗汁就呈现不同的颜色。前面那只铁锅里汁水最多,杂质也最多,用木瓢滗出来的杂质就搁一边再沉淀,日后拿去喂猪。越往后的铁锅汁水越稠,熬到一定时候就变成了金黄色的糖浆,热气沸腾的糖浆被倒进一口搪瓷缸里,趁热被另一人使劲儿地搅动,直到颜色由金黄变为金红,这才被舀进一个平台上的500个小瓷碗里,待瓷碗里的糖浆冷却成红糖砣子,就取出来由背倚锅灶坐着的几个人,用事先准备好的甘蔗干叶子,每两扇(砣)扣着为1合,每一把5合地捆裹好。每把0.9千克,以后拿到集市上不再称就叫卖了。

头一天砍甘蔗,30多人在蔗地里进进出出,场面煞是热闹。第二天榨糖也有18人之多,榨糖的、捆渣皮的、烧火的、烧糖(即掌锅)的、舀糖的、滗糖的、逮糖(即包糖)的,大家各自分工不同,个个脚忙手忙。

榨糖的日子似乎是甜蜜的,可其中的甘苦农民们心知肚明。"累呵,当农民的人了,要挣来吃啊!"舀糖的曾方品腰拴围布,左手提糖铲,右手拿糖瓢,不停地从缸里舀糖到小瓷碗里。"要不多不少,把糖舀得合适,这样大小才均匀，重量也差不多。"他边舀边对我说，"一天站到黑，硬是痛得很。腰杆痛，右手腕也痛。"从12岁干起，曾方品今年55岁，手工熟了，人家都叫他"舀糖师傅"，他连连摇头，说"旧社会喊糖匠"。烧糖的姚永强也搞了10多年，说："要把糖烧好也不容易，什么时候放油，什么时候放（石）灰，什么时候清泡，还是要点技术。"带我在村里采访的刘大元这天来帮忙，算清闲的，还是忍不住地说："榨糖时，天还没刷白就起来，通宵不睡觉。做很了，我们累了，苦不起了。我就喊娃儿好好读书。"

刘大元有5个孩子，大儿子刘国录远上河北辛集市打工，大儿媳在美姑县水泥厂当工人。中间3个女儿都嫁出去了，唯有小儿子刘国锋跟二老住，他还在对坪镇读初二，一学期交350元，刘大元"一个大周"（即双周）给儿子45元，其中的32元是伙食费。

榨糖只是农民劳作生活的一部分。围绕甘蔗，是忙不完的农活——栽甘蔗、松兜、上厢、扯草、施肥……还有雨季来后要种点苞谷，一年四季都在忙。由于这里缺水，仅从后山引下来的一小股水，除饮用以外，就只能按日子分配给各农户浇灌。"甘蔗地一年要浇24次水，一天到晚在地头守着，屋头没人煮饭，累很了吃不起，就不吃了。"刘大元感慨："1亩地要背3000斤农家肥，要上3道化肥，1包80斤价格64元。结果1斤红糖才卖1元钱。"姚永强认为，"按工序来说1斤应该卖到4元"。

就是低廉的价格，红糖也不好卖了。幺米村的红糖多是拿到春江或对坪镇去卖，路途都是8千米。"是不是现在的人都不爱吃糖了？"刘大元反问我。他家一年就1390把糖，要卖一年，"亲戚来耍给几把，一年送100多斤"。看着屋子里堆放的一堆红糖，他自言自语："在雨季前销不掉，还要拿塑料口袋来封存好。"

在幺米村的一块坡地埂边，我见到了3个巨大的石磨，那是数十年前，用牛拉石磨榨糖汁时用过的。石磨静悄悄被弃在地边，见证着一旁的村庄蔗糖甜苦的岁月；地上等待着收割的一垄甘蔗随风哗哗摇曳，草黄和浓绿的蔗叶闪闪泛着光亮。

"那石磨1975年以后就没用了。"当过5年民办教师的刘大元记忆犹新地说,"第一台榨糖机是1975年在县农资公司买的。一套机器8000元,生产队提留款有4000元,另外4000元是借的。那时红糖好卖,第二年就把借的钱还了。"

农民脸上舒展的质朴,让我能想到他们的日子,总是自然与恬静。"村里的女子都不愿嫁给本地人,纷纷外出打工、嫁人了。"刘大元介绍道,两相比较,金沙江对面云南省巧家县红山乡的条件还要差,"那边的女子则愿意嫁过来,活路做惯了做得起。"刘大元说,娶一个媳妇所花的费用是4000元。

曾居荣的媳妇蒋德平就是从云南省巧家县梭山乡嫁过来的,他俩在读初中时认识并相爱,曾居荣比蒋德平大两岁,他们2002年10月结婚,现有一个周岁大的女儿。

还是实施退耕还林给农民带来实惠,每亩地每年由国家补给81.6千克大米和21千克面粉,另有医疗教育补助20元。刘大元一家有13.2亩退耕地,粮食够吃。

金阳县实施农网改造，2002年5月这里通电，电价每度0.60元。从通电那天至今，刘大元家只用了250度电，仍舍不得花钱。

红红的火塘边，我想起诗人艾略特说："旧火化灰烬，灰烬化黄土……屋宇有生也有死：有建造的时候，也有供生活和繁衍生息的时候……"此刻太阳升起来了，漫长的岁月里弥漫着红糖的甜味。

走出刘大元家的院墙，可见奔流不息的金沙江，听说雨季时江水吼声冲天。而2004年的春天，我听见的是榨蔗机在轰鸣。

（原载2004年3月3日《凉山日报》第7版）

在水一方

最近一次在泸沽湖，正是深秋时节。湖中几个岛屿与周围山峦的树林，开始呈现出斑斓的色彩，赭红、橘黄的颜料抖落于沉郁绿色边缘，放眼看去，风景油画般色彩饱和、精致静谧；湖畔错落的杨树更是摇曳多姿，树叶在高原炽烈的逆光中黄澄澄的，晶莹剔透闪烁跃动，随风飘洒而下，铺展在湖面、沙滩与湖岸上。远处的格姆女神山依然忠诚地守候着一面湖水，滩头和临近游湖码头的水面上停泊着几条小木船，船上空无一人，轻轻晃动的声响却如呢喃的情歌忽隐忽现……眼前的泸沽湖空气洁净、阳光灿烂、湖光云影、鲜明生动，摄影镜头中的影像一定是从来没有过的高解析力的，只是稍稍换个角度去对准摩梭人的时候，观察

泸沽湖以"女儿国"闻名于世(何万敏　摄)

的眼睛充满光晕和磨砂的质感，像是遮掩着一层"色情的面纱"，影影绰绰中，摩梭人的走婚不时从夜幕或者凌晨的混沌中浮现，旋即又隐入模糊的背景——魅惑之物，如影似幻。

只有在梦中才能被看见

如此"魅惑之物"，如一位诗人的诗句："只有梦中或是爱之瞬间方能被人看见。"因为在泸沽湖以外的外界往往失焦的观察中,很容易滋生出离奇的传说和偏向的误读。对于摩梭文化,我总是会想起美国人爱德华·萨义德热衷的"东方学"话题,从这位后殖民主义文化研究代表的理论阐述中我们知道,东方学是西方人站在西方优越于东方的前提立场上被描述与假设的一个结果。在西方人的眼里,东方遭遇成为一个"他者",是封闭、神秘、愚昧、不开化的世界,"自古以来就代表着罗曼司、异国情调、美丽的风景、难忘的回忆、非凡的经历"。在缺乏对摩梭文化本质理解的人看来,自己是现代的,代表着文明、进步、发达、富裕、自由、开放;而摩梭人是传统的、落后的,代表着封闭、蒙昧、贫穷、古老与僵化。这样的结果是,摩梭人从一开始便失去了自己表述自己的权利,失去了话语的主动权,而成为一个被描述的对象,泸沽湖则仅仅是一处外部形象,是附着摩梭神秘而光怪陆离色彩的符号。

川滇两省交界的泸沽湖边和永宁坝子的摩梭人,因实行当代社会硕果仅存的走婚和母系大家庭制度,以

在水一方

每一个清晨,泸沽湖都在梦幻中醒来(何万敏 摄)

"女儿国"闻名于世。在特定的历史环境下,"母系""走婚"等文化基因,曾经被误认为是摩梭人社会需要"进化"的标志,给摩梭人带来不愿意回首的难堪往事。最不幸的是,受"左"的思潮影响,在20世纪60年代的民族识别和少数民族社会历史调查中,依据古典社会进化论导引,摩梭人独特的母系家庭和走婚文化,被定义为"原始社会"的残留,竟让本来最具本民族

泸沽湖,只有在梦中或是爱之瞬间方能被人看见(何万敏 摄)

泸沽湖空气洁净、阳光灿烂、湖光云影、鲜明生动（何万敏　摄）

特点的文化变成了需要强制改造的"落后现象"。调查者们忽略了：摩梭大家庭从古至今，都比周边其他民族（包括汉族）中的家庭更富裕。摩梭人的"走婚"也有着强大的同化能力，譬如普米族人是实施一夫一妻婚姻，但跟摩梭人生活在一个区域的普米族甚至部分汉族人也走婚。2009年深秋在赵家湾，带着17岁的男孩子一起划船送我去里务比岛拍摄的赵师傅，作为汉族，并不避讳他就曾经走婚。而母系摩梭人对于"文化大革命"最深刻的记忆，就是"一妻一夫"——由于母系的传统，摩梭人的语序中"阴性为尊"。

1991年，泸沽湖迎来了一位特别的游客——全国人大常委会副委员长费孝通，他到云南省宁蒗县视察工作期间，听取了关于摩梭人的报告。在中华人民共和国成立之初，官方文件中多把摩梭当成一个独立的民族。但后来因为种种原因，云南宁蒗的摩梭被归为纳西族，四川的摩梭归为蒙古族。正是费孝通，这位新中国民族识别和民族社会历史调查工作的亲历者和重要智囊，在他学术的晚年的一次学术会议上，提出了"中华民族多元一体"的本土理论，为后来者指明方向。从此，在不可分割的"一体"前提下，每个民族的独特性越来越被民族工作部门尊重和重视；在云南，民族独特性的经济价值，在世纪末兴起的文化旅游中发挥到了极致。

走婚，早已成为最热话题

　　大量游客或者是外来人员的到来，给泸沽湖畔周围原本平静的摩梭村庄带来了喧嚣乃至无形的压力。"许多男游客经常会半真半假地问我们是否愿意和他们走婚，还有些游客会问我们有没有父亲。"几个摩梭女孩在与我聊天时说，"这些话其实让我们很反感。"语气中有几分愤怒，还有几分无奈。走婚，早已经成为泸沽湖最热门的话题。包括由我陪同去采访的来自全国各地的新闻记者，也会忘了之前我的善意提醒，和许多好奇的游客别无二致，不厌其烦地向摩梭姑娘询问走婚的习俗，甚至不礼貌地提问：你是否有好几个爸爸？你是否有很多情人？我和你走婚好吗？初次听到这样询问的摩梭女孩一定羞红了脸躲闪到一边，听得久了的摩梭人多数时候干脆不予理睬，只有少数会应付着开玩笑一味地说，是呀。不堪其扰的摩梭女性，对于那些寻找"浪漫"的男游客，也知道多数是在过过嘴瘾，来自都市的男子早已只剩口是心非的胆了。我当然也碰见过这样尴尬的场景：几个摩梭姑娘从舞场跳完舞回家，在路边的烧烤棚被一群在里面喝酒的男游客叫住，一看是先前一起跳舞的人，摩梭姑娘大方地去了。她们和他们一起喝酒吃烧烤，边吃边聊，冷不防其中一位男游客借着酒醉把身旁的姑娘紧紧抱住，还嚷着"要走婚"，那姑娘只得奋力挣脱后逃走，消失在静谧的夜幕中。但在互联网上，网民们讨论着寥寥可数的几个湖边村落里超人气的摩梭男子，剑拔弩张地判断着外来女客和当地男子之间的情事公案——这一切，都冲击着摩梭人的家庭和婚恋传统。

事实上，当代摩梭人走婚对象趋向稳定，并且从来都有男伴到女家拜锅庄、孩子出生的满月酒等确认亲属身份的礼仪。害羞，是摩梭文化的重要内容。当亲戚在一起的场合，摩梭人不能谈论任何与走婚、性关系有关的内容；摩梭人尊老，在祖母屋，不同性别和辈分都有相应位置；火塘是家庭信仰的核心，有诸多禁忌。

夜晚，泸沽湖边的博树村，我从篝火晚会上溜出来。

几天前刚认识的扎西多吉也跟着我从跳甲搓舞的场子出来,执意要陪我返回客栈。这个有着像藏族人名字的摩梭小伙,和篝火晚会上摩梭艺人的热情相比很腼腆,始终保持在我左前方半米的位置。他说,这里其实很安全,就是不要理喝醉了酒的摩梭男人。

草海附近的摩梭人,面对的不仅仅是形形色色的游客,还有来自当地为发展旅游业而制定的各种规章制度。博树村出台了许多新的村规民约,泸沽湖景区管理局也向村民传达了新制定的景区规划和泸沽湖保护条例。回想起白天在湖边看到的回收橡胶制造而成的劣质塑料盆、数十年恐怕也难以消解的塑料袋,我也能感同身受,现代生活就在洁净的湖水边蔓延。

对于扎根在传统农业生产中的摩梭母系大家庭来说,要以一种商业方式包装摩梭文化去赚取好奇游客的钞票,的确艰难。然而,他们必须走出这一步,才能面向未来。

走得最远的摩梭人,当属杨二车娜姆了。凉山人对她不陌生,一是因为她生长在四川泸沽湖,二是因为

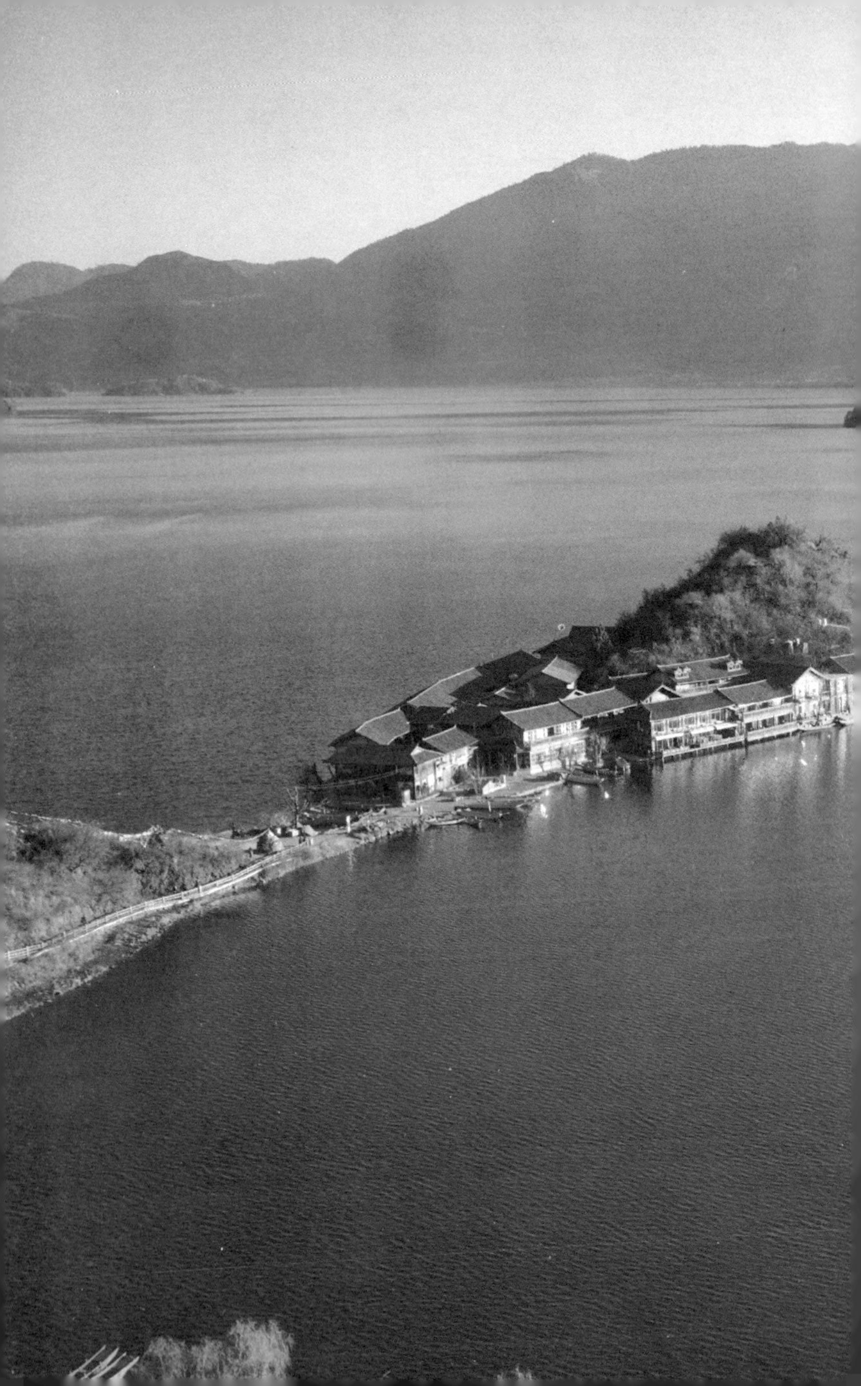

走婚，是泸沽湖最热的话题（何万敏　摄）

在众多的误读中,有一种浪漫的误读
过分美化和神化了摩梭文化(何万敏 摄)

她是作为凉山歌舞团演员考上上海音乐学院的,但她一走就走到了国外。如今,杨二车娜姆身着艳丽的服装、头戴鲜艳的大花朵,经常出现在全国各地卫视娱乐节目中,却遭到一些摩梭人的唾骂,认为正是她让外人觉得摩梭人只知道走婚。泸沽湖畔的摩梭人承认,初期到这里旅游的"一半游客是她带来的",不过她在书中热情奔放的描写尽管是为了让书籍畅销,却让游客们误以为每个摩梭女孩都可以随便"走婚"。"娜姆离家出外时才13岁,她出版《走出女儿国》时,已有14年都市生活的经历,因此她对传统摩梭的认识和理解是局限和片面的。"香港学者周华山说,"娜姆把独特个人经历误作为摩梭文化特质,正反映了她对摩梭文化的误解。事实上,不少摩梭年轻人像她一样对自身传统是一知半解的。"

杨二车娜姆出版过两本影响很大的书,《走出女儿国》和《走回女儿国》销量均为可观。"《走出女儿国》由她口述、汉族作家李威海笔录;《走回女儿国》尽管标明是杨二车娜姆著,但实际上是由我执笔整理的。"摩梭学者、云南省社科院副研究员拉木·嘎吐萨在昆明向我讲。明星请人捉笔写书不算什么新闻,而在周华山看来,"摩梭人鲜有学者和研究者,长久由外族学者和作家代言,其主体发声的空间非常有限,令主流文化对摩梭文化更加误解"。拉木·嘎吐萨说:"在众多的误读中,有一种浪漫的误读讨分美化和神化了摩梭文化,把异文化想象得十分神奇美丽,好像摩梭人都不食人间烟火，只会喝酒唱歌跳舞，躺在云彩上谈恋爱，和游客任意走婚。"

对摩梭文化的误读

其实对摩梭文化的误读中，一些导游的讲解也起到了推波助澜的作用。"从西昌到泸沽湖路上的五六个小时里，导游都要给游客讲很多如何走婚的故事，哄游客高兴。可是游客到了泸沽湖，发现根本不是那么回事。有的游客还说是我们摩梭女孩儿欺骗他们。"一个摩梭女孩抱怨。令研究者担忧的是，外界对摩梭文化的误读反过来也影响了摩梭人对自己文化的理解。淳朴的民族文化被庸俗地滥用于市场，原来卓有特色和尊严的地方文化正逐渐失去魅力。当地一些人把"走婚"当作摩梭文化的核心来招揽游客，一些迎合低级趣味的"伪民俗""伪文化"旅游内容也由此产生。泸沽湖的每一个晚上，在不同的客栈一场场打着"走婚"招牌的篝火晚会上，姑娘们仿佛学着杨二车娜姆似的戴在头上的塑料花越来越刺眼了,她们还学会了职业演员的微笑——左手叉腰、右手扶肩、回眸一笑,竹笛声引领,踢踏的双脚和着歌声的节拍,嘻嘻哈哈的人们围着篝火转了一圈又一圈,互动的甲搓舞后,是摩梭姑娘腾出肩膀给游客们的5分钟合影时间。

即使在中华民族范畴,各民族文化仍有必要通过交融互补来走向共建民族文化的目标。当各民族不同的文化进入到全球化的文化共建工程时,首先要做到的便是彼此尊重。不同的文化一方面要充分认识与努力领会彼此文化中的思想精髓,另一方面要正确对待各种民族文化所存在的差异性,文化交流的目的也并不是要完全消融二者的分歧从而走向一元化,而是取彼之长,为自身文化的发展增加活力。在中国社会的发展和时代的进步中,"中华民族多元一体"的新论得到广泛共识,独特的文化成为摩梭人对外界开放的资源和发展的契机。进入全球化的旅游市场,给摩梭人带来丰足、多彩的生活,也带来对民族文化的冲击。富裕和自信起来的摩梭人,开始寻找自己发声的方式,保护和发展自己的文化。正如爱德华·萨义德所指出的，一个民族尤其是第三世界的弱小民族，必须积极参与和全球化语境所制造的种种"他者"进行对话，有了这些对话，才有自己民族定位和发展的参照，这也是摆脱民族本质主义对自我的束缚的必由之路，唯其如此，民族和地域本身才会具有全球化的价值。

（原载 2009 年第 4 期《锦绣凉山》）

行走在神秘的木里

木里，一个人们相对陌生的名字，却有着不为人知的惊世美丽。木里藏族自治县在四川境内横断山脉深处，是四川省凉山彝族自治州所属的一个偏远山区县。

木里在藏语里的意思是美丽、辽阔、深远。由于大山的阻隔，以及山道超乎想象的艰险，木里在外界的传说中一直是神秘的。换句话说，唯有像雪山之上展翅翱翔的鹰一样地俯瞰，才能感受到在这片神秘的土地上，大自然是多么的雄伟壮丽。

木里的风光属高原风光，蓝天白云、风高气爽，气候宜人。它北邻甘孜州的稻城、理塘，西连云南的香格里拉、宁蒗，属典型的高山峡谷地貌，地势西北高东南低，平均海拔3100米。由于相对温差大，气候、土壤、植被呈明显的垂直变化，正所谓"一山有四季，十里不同天"。

木里景色由森林、河流、瀑布、湖泊、雪峰组成的高原风光。由于木里鲜为人知，因此它的景色给人的感觉是野性原始的、桀骜不驯的；另一个"野"则是木里蕴藏着异常丰富的野生动植物群。五六月的木里漫山遍野都是各种颜色的野杜鹃花，九十月的木里秋色迷人眼，此时是绝好的旅游季节。

2004年金秋，我和几位摄影家一起走进木里，完成了永生难忘的一次"徒步穿越香格里拉腹地"探险。

木里藏族自治县境内有太阳、宁朗、贡嘎三大山脉，山脉峡谷中的雅砻江、理塘河、冲天河奔流激荡，蜿蜒曲折，与山势平行，南北纵贯全境，把境内土地切割成四大块。境内最高处恰朗多吉峰，海拔5958米，与海拔1470米的最低处俄亚纳西族乡，相对高差4488米。

大山无疑是一种阻隔，绕山的道路艰险万状，却承载了沟通的愿望。

一离开木里县城，才回味出从西昌到木里的250

木里景色是由森林、河流、瀑布、湖泊、雪峰组成的高原风光（何万敏　摄）

千米柏油路的平坦。现在，司机米各各开着他新买的福田轻卡，一高一低地"爬行"在路上。路实在太窄了，刚好与车身一般宽，看窗外，不是悬崖就是深渊，连车带人仿佛都在云中漫步。38岁的米各各开车8年。"还是早先在林间转运木材时，这样走过。"他的声音打着战，"我5年没有那么危险了。"汽车慢得只比步行快一点，可他神情紧张，大眼盯着前方，双手用力

秋景，是湛蓝色与金黄色的交响（何万敏 摄）

捏着方向盘。我们更是吓得心惊肉跳。每当汽车倾斜时，大家不约而同往相反方向侧身，似乎想用自己的重量来保持平衡。而坐在靠边位置的人，上车后握着门把的手就没再放松，准备随时夺门逃生。

翻越屋脚梁子时，轻卡在雨中抛锚多次。有一次我们都下来使劲儿推，汽车岿然不动，推了半天才知司机米各各在驾驶室紧张得忘了松手刹。大家骂他，他

木里在藏语里的意思是美丽、辽阔、深远（何万敏 摄）

颇感委屈："我今天一半的精神都用光了。"

有路勉强能行车已是万幸，木里大多数地方根本不通车。步行，是生活在这里的人和走进这里的人唯一的选择。

山上的路，除村庄附近有人为修过的外，也就是山溪冲刷出来的乱石嶙峋中时隐时现的一道印迹，以及在白浪滔滔、汹涌奔流的江河畔，或者浓密丛林中扭曲延伸的一条缝隙。马帮就要寻觅着这样的痕迹，沿着这一条条弯弯曲曲的羊肠小道，踏着无数的马蹄印、无数人的脚印，不停地走啊，走啊。我们一行几乎每天都要吃力地爬上一两座海拔三四千米的大山，然后翻过垭口，沿着陡峭的山坡盘旋而下，急速直下几千米，又陷入一个更幽深神奇的峡谷之内。

在"穿越香格里拉"的 22 天行程中，我们有 19 天时间是在步行，每天行走 30 多千米，走了 500 余千米。

每天，走上前行的道路，就开始了一次真正的冒险。

有一天翻大山，山势陡峭，马也望而却步，由主人吆喝着三步一顿。我们干脆给它取了一个直白而形象的名字：望天坡。从望天坡75度的陡坡望上去，天空有一只苍鹰悠闲地盘旋，飞来飞去。攀登无路的望天坡，只得摸着被夏季雨水冲刷的小沟，手足并用地爬行。上面的人小心谨慎，生怕一脚踏空摔下山底，下边的人吃力地抬头盯着，警惕坡上随时可能滚落的飞石。零乱的队伍散贴在笔直的坡上，踽踽缓行，像回归大地的叶片。

在险峻的大山之中跋涉，马帮无疑是人们最有力的助手和伙伴。由于木里许多地方至今不通公路，穿行在崎岖险道间驮运货物的马帮，千百年来一直辛勤地奔波着。闻名遐迩的茶马古道就是这样由来往马帮一步一步踩踏出来的。而据说，从木里到稻城的山路，也算茶马古道的一条支线。

当宁静的山间回荡起清脆、悠远的铃声，远远望去，便会看见一队马帮透迤盘桓在起伏的山道上。

木里境内森林资源极为丰富，在原始林区中，古木参天，遮天蔽日，高大挺拔的杉树林，粗壮笔直的青松林，密密层层的硬阔叶林，极目远眺，一望无垠，

在外界的传说中,木里一直是神秘的(何万敏 摄)

犹如一片波涛起伏的绿色海洋。各种奇花异草,春夏时节,竞相争艳,令人目不暇接。最著名的是杜鹃花,从春天到深秋,无论是在高山牧场、湖泊,还是在山顶、林间,都四处盛开着,姹紫嫣红,光彩夺目。在20世纪的50年时间里,国营林场像理发师一样,在这片林木繁茂的原始林区里一圈一圈地修剪着财富，森林如流水般顺山而下，源源不断地为祖国建设添砖加瓦，正如木里县的一位领导的描述："木头是我们木里最大的财富。中华人民共和国成立后近半个世纪的木里经济和社会发展，就像这酒吧一样，是用木头摞起来的。"但是，直到有一天人们才发现，这样的日子无法再持续另一个50年了。天然林禁伐，木里境内几条大河近年开始兴建水电站；退耕还林、退牧还草，木里的生态资源得到了很好的保护。

中甸火了，丽江火了，稻城火了，作为香格里拉腹地最具原生态的区域，木里有什么理由不火？仅是三大圣山和上百座海拔4000米以上的雪峰、9个风景如画的牧场、3大寺18小寺、盘旋着2000多只老鹰的雄鹰谷、洛克三进木里的雄奇路线，就足以让邻县相形见绌。为了尽快开发出这座金矿，木里县咬紧牙关掏出35万元，请旅游规划设计单位制定出5条旅游骨干线、1条茶马古道、185个风景点。"这可是你们在大城市里绝对连想都想不到的绝妙去处。"木里县政协副主席、旅游局原局长苏拉志很是自豪。要开矿，先修路。交通仍然是阻碍木里旅游发展的最大障碍。要经商，先活脑。服务意识、经营意识等软环境建设比硬件设施更亟待加强。要开发，先保护。如织的游人将怎样打破香格里拉千百年来的悠闲宁静？"上帝游览的花园"会不会在杂乱的足迹中退化成大排档？要解答的问题还有很多很多。

这些年，有越来越多的旅行者来到木里，而且，离木里越远地方的人似乎对这里越感兴趣。

我知道，这和一个名叫洛克的美国人有很大关系。换句话说，美籍奥地利学者约瑟夫·洛克，这个以研究植物起家的博士，后来成了很有名的人类学家、探险家，是与他在丽江和泸沽湖、木里一带的游历紧密相关的。

早在20世纪20年代，洛克三次（1924年、1928年、1929年）来到这片世外桃源，用诗一样的语言和精美的摄影，在美国《国家地理》杂志上发表了图文并茂的《中国黄教喇嘛之地木里王国》，第一次在全世界面前推开一扇窗户，让世人得以窥见这"上帝游览的花园"的一角。

后来，曾经到过印度和巴基斯坦，却没有来过中国的美籍英国作家詹姆斯·希尔顿，凭借洛克的这些素材写出了《消失的地平线》。从此，神秘的"香格里拉"吸引了许多人来到康巴藏区游历、探险、考察。

当年，洛克所率领的探险队是由云南丽江经永宁进入四川的。具体路线是由永宁越云南和四川的省界后，经木里的利家嘴、屋脚，翻越西林山海拔4309米的几坡垭口，经帕色隆贡沟尾，翻帕色隆贡和瓦厂之间的山梁，到达瓦厂。（当时木里在瓦厂设治，而今木里县城所在地是乔瓦镇。现在的瓦厂已更名桃巴镇，而木里大寺就在桃巴镇附近2千米处）随后洛克向南到过博科，折返瓦厂北上水洛，沿水洛河谷上行，经都鲁、沽固、固滴，到达呷洛。从呷洛西行，按黄教传统的转经方式，绕恰朗多吉、央边男、仙乃日三座神山，下行至冲古寺。

我们徒步穿越香格里拉的线路，有很长一段并不是"洛克路"，也不是本文向读者推荐的设计线路。因为我们更愿意探索一些新线路，并访问沿线藏族、蒙古族、纳西族等少数民族的生存状态。我们的行程是乘车从西昌出发至木里县城，转车经桃巴南下到屋脚乡，然后一直徒步，从屋脚经依吉到俄亚，在俄亚参加俄亚纳西族乡建立20周年乡庆活动后，北上经宁郎至水洛，由水洛走"洛克路"经呷洛村到呷咙牛场，翻越雪山下行到冲古寺，乘车由亚丁经稻城县、理塘县、康定县，最后返回西昌。

在木里大寺，我们一行受到喇嘛们的热情欢迎，隆重的仪式带着浓郁的宗教色彩。新建成的大寺背后，兀然仁立着旧寺庙的残垣断壁，在金色的夕阳下，依然闪烁着迷人的辉煌。洛克曾这样赞美："卡帕提寺院坐落在海拔10260英尺高的一片高地上，俯瞰着卡帕提山谷。……一条平坦的小道引导我们来到这里（还从来没有任何白人曾经访问过）。寺院里茂盛的杉树一直生长到后面的山巅。在我们来到的时候，几个住持的喇嘛和木里王的随从在种植着小树和玫瑰的寺院入口处列队欢迎。喇嘛们没有和我们握手，而是鞠躬向我们致意。尽管卡帕提寺院是地球上最与世隔绝的地方之一，但我们惊讶地发现我们身处的房间装饰着

木里大寺遗址（何万敏　摄）

精美的壁画和雕刻的门窗。"

那时的木里有18座寺庙，其中著名的三大寺是康乌大寺、瓦尔寨大寺、木里大寺。木里大寺地处理塘河中游，海拔2637米，由木里藏传佛教三世活佛兼第二代大喇嘛松登桑布主持兴建，历时12载，于1661年建成，命名为嘎登喜祖·郎巴吉韦领。全盛时期的木里大寺整个建筑群占地8万余平方米，是境内最宏大的格鲁派寺庙。

夕阳下，劳作了一天的人们在牛哞声中回家，炊烟渐起，一切都显得和谐、宁静。

（原载2005年12月13日《凉山日报》第7版）

山间铃响马帮来

依吉的夜晚,仿佛来得很早,在乡政府食堂吃过晚饭时天已黑尽。依吉的早晨,仿佛也来得很早,我还躺在床上,树梢的鸟群已嘲啾一片,屋外马铃叮当。

我知道,这就是即将和我们一道上路,从凉山木里到甘孜稻城徒步香格里拉的马帮。

马帮,一提到这个响当当的名词,就会令人有一种莫名的兴奋和向往。在过去,藏区的道路无一例外全靠马帮、牦牛帮连接起来,因为这些地方山高路陡的特殊地理环境,骡马和牦牛,以及行走的人,是驮运货物、原住地人们与外界交流的唯一可行方式。那条同样有名的茶马古道,正是这样由来往马帮一步一步踩踏出来的。而据说,我们所要走的从桃巴、经屋脚、依吉、俄亚、宁朗、水洛到稻城的山路，正是当年茶马古道的一条支线。

现在，在木里藏族自治县的崇山峻岭中，许多地方仍然交通极为不便，因而仍然可以看到马帮拉成一条曲线逶迤盘桓在山路上。马帮长期在崎岖险峻的山间行走、在荒野溪边风餐露宿，这赋予了他们浪漫而传奇的色彩。

"叔叔，来，这匹是你骑的骡子，名叫降木。"我刚整理好沉重的背包和摄影包，一位小伙子牵着一匹骡马过来，把缰绳交到我手上，要我和降木先熟悉一下。然后他使劲儿提起我的背包，紧紧拴挂在另一匹马背上。"降木会很听话的，你不要怕，一路上还有我管着它。我叫才仁多吉，你就叫我多吉吧。"才仁多吉见我谨慎的样子，用话语来让我放心。

但是说实话，我一点也放心不下来。在我以往的经历中，骑马玩耍偶尔有过几次，这次一走就是十几天，这么长时间，又是翻山越岭，行不行？再看看才仁多吉，个子和我差不多，1.70米的个头，除了皮肤比我黑、

山间铃响马帮来

藏区的道路无一例外全靠马帮、牦牛帮连接（何万敏　摄）

头发是自然卷，身体也与我一样，比较单薄，肌肉算不上结实。

在藏区，人们习惯于将赶马人叫"马脚子"。木里的马脚子大多数是本地农牧民，为生计才走上赶马的路。赶马人一般一人负责数匹骡马，几个人在一起就结成了马帮。我们这一行有7个赶马人，共22匹骡马。马帮踽踽行走在山道上，远远望去，颇为生动壮观。

上了路，我才知道自己是小看了才仁多吉。

才仁多吉青春洋溢、幽默风趣。别看他小小年纪，13岁就开始跟着亲戚家当哥的跑马帮了。4年多来，他送过许多慕名来木里游历的客人，他们中以国内旅行者居多，也有来自美国、加拿大、澳大利亚等地的外国人。

"有一次，我们送4个女教师和7个男教师去俄亚，他们都是木里本地人，是从学校毕业后分去当教师的。在翻一座大山时，有一位戴眼镜的女教师哭了起来。我看到她好可怜啊！他们都是才分配去工作的，还没有拿到工资，嗨，弄得我都不忍心收他们的钱。"才仁多吉的马帮生涯中有太多的故事,他随便从记忆中掂出两件说道,"当然也有富裕的,有一个美国游客,我看见他拉开皮包,啃,崭新的钱有两根手指那么厚,全是美元。但他钱再多,我还是按规矩收钱,他挣的也是血汗钱嘛!"

木里的高山流水养育了藏民的淳朴与诚实。在依吉乡雨初村依吉组的家中,才仁多吉排行老幺,"是被罚了500元钱超生的儿子,前面3个都是姐姐嘛"。他介绍,现在大姐在家务农;二姐在西昌打工,好像也挣不了几个钱;三姐嫁到县城附近当农民了。

只有小学文化的才仁多吉,普通话说得比较好,交流也还流畅,"都是看电视学来的",我们说四川话反而让他有些听不懂了。他还会说两句英语,一句是"I love you",另一句则是骂人的了。

才仁多吉2003年8月1日结婚,当时他才16岁,未到法定结婚年龄。之前他找人去乡政府偷偷在一纸证明信上盖了鲜红的公章,去办了结婚证。他开玩笑,想让他未来的儿子去当兵,别像他一样,老是在大山里转来转去。

我的坐骑"降木",在藏语中为黑色之意。而每一匹骡马,都有它自己的名字,主人取名时,大多是根据它的颜色。比如常听到的,"花弥",意为身上是黑色,嘴上有点白色;"阿里",是全黑的骡马;"尔该",像白色的布一样。这样叫来唤去,时间长了,骡马都知道主人是在唤谁了。

但才仁多吉开玩笑地告诉我说,他的两匹马和一匹骡子都分别有和当红影视明星相同的名字。

我于是逗他:"你喜欢追星吗?"

走得气喘吁吁的他坦言:"我一个山里人,没有愿望。"

接着话题,我问:"你的媳妇一定很漂亮吧?"

才仁多吉毫不犹豫:"在我眼里她是最漂亮的,其他人怎么看我就不知道了。"

顺便要提的是,在马帮运输中其实大多使用骡子而非马。因为骡子不仅比马能驮更重的分量,而且耐力要好得多,食量相反却少许多。这对长途跋涉、缺粮

行走在木里山中,路途是那么漫长险恶(何万敏 摄)

马帮,无疑是人们穿山越岭的好帮手(何万敏 摄)

少食的马帮尤其重要。

有马帮随行,人却不是任何时候都可骑行的。上坡能骑,下坡尤其是下大坡,赶马人都会出于安全考虑,不让再骑。骑马也有讲究,上坡时骑者身向前倾,略弓背;下坡身子则往后仰。初骑时脚蹬放在脚底前端,熟练后脚蹬在中间。"骑马最好要自然,不要硬撑着腰,"才仁多吉提醒着,"不然,一天骑下来就腰酸背痛,像小娃儿一样,不会走路了。"

路途是那么漫长险恶,路途上的一切又都是未知数。路上的赶马人无法向家里传递半点音讯,更不知道有什么在前头等着自己。从出走开始,家里人有了一段又一段漫长难耐的担忧和等待。山间马帮的铜铃声,牵动着多少人的心弦!

然而,一切似乎都是命中注定。坝子里的人口在不停地增加,每个家庭都在分化膨胀,土地却不会像孩子一样地生下来,再不停地变大;而且光靠那点有限的土地,虽然勉强可以维持生计,也不可能使生活得到更好的改变。有趣的是,马帮穿行在苍茫的山川之间并非只是为了挣得比种庄稼略多的酬劳可以解释，如果说那是某种生活享受显得夸张了一些，的确他们喜欢吆喝着骡马、一路铃声叮当地行走，我甚至觉得敢于冒险、勇于挑战本身就是藏入骨子里的精神。路途是那么漫长险恶，前路又是那么充满变数，天晓得有什么在前头等着赶马的人，这让"马队长"边马扎西觉得这样的生活"是很好玩的"，平时在家里也没有多少事情可做，"这儿晃一下那里耍一下的"，真还不如出来走走。

大山无疑是一种阻隔，绕山的道路艰险万状，却承载了沟通的愿望。出门在外，荒原野岭，马帮像一支训练有素、组织严密的军队，赶马人各司其职，按部就班，兢兢业业，每天从早到晚，都井然有序地行动。

每一队马帮中，都有一名俗称为"锅头"的首领，我们则亲切地叫他"马队长"。马锅头既是经营者、赶马人的雇主，又是马帮运输的直接参与者。一路上，他要负责全队人马的业务、开支及安全等。

藏族小伙边马扎西是我们此行的马队长。他曾在山东济南当过3年坦克兵，1996年年底退伍回乡务农。

在家里他排行老幺，却比两个哥哥都有钱，原因正在于他赶马帮，每年能有2000元的收入。因来往方便，他还在家里开有一个小商店，只是买东西的人实在太少，有时一个月还卖不到30元，所以到农忙，干脆关门。边马扎西见过世面，人又实在，我们这队22匹骡马组成的马帮，在他和6名伙伴的照料下，秩序井然，踽踽前行。

"苞谷籽好比肉，草料就是蔬菜，都缺不得。"边马扎西在向我解释为什么非要宿营在半山的草甸地时，这样说。我们一行为了拍摄照片几次要求在途中的村寨扎营，这让他们感到苦恼。有一天我们在哈地村小学的场坝夜宿，附近都是藏民的庄稼地，他们只得把马放到远处，结果第二天一早就得去唤马归队，花了一个多小时。

边马扎西还说："许多时候，马主人早晨喝过三开茶，就会把茶和了粮食来喂马，马看在眼里，不停地摇头打嚏，以示感谢。日子久了，主人与马之间就有了感情的沟通。"漫长的路上，人与马成为了相依为

马帮长期在崎岖险峻的山间行走，
被赋予了浪漫而传奇的色彩（何万敏 摄）

命的好伙伴。

在香格里拉腹地，在木里藏族自治县，我看到成群结队的马帮行进在静默的大山与密林中，能听到清脆的铜铃悠扬地回荡，我从马帮在河谷山脚烧起的炊烟里嗅到酥油茶的浓香；我更能从中感悟到人类为了生存所能激发出的无畏勇气和力量。

正是这勇气和力量，使得人类生活有了价值和意义。

这些年，有越来越多的旅行者来到木里，他们对木里深感兴趣。这和一个名为约瑟夫·洛克的美国人——一个以研究植物起家的博士，后来成了很有名的人类学家、探险家的人有很大关系。洛克曾在丽江和泸沽湖、木里一带游历过。

那是1924年1月中旬，在玉龙雪山脚下一个名叫雪嵩村的地方，寒冷的北风卷起片片雪花漫无边际地落下来，几个纳西小伙子早已准备好骡马和行李。直到天已大亮，洛克马帮的11匹骡子和3匹马正准备出发，丽江的官员派遣护送的10名士兵才姗姗来迟。望着稚气未脱的脸庞，洛克只挑选了其中6人，便和他的随从一道匆匆上路了。

马帮在逼人的寒冷中沿玉龙雪山东麓踽踽前行。和变幻无常的天气一样，洛克对木里的了解也仅仅是抽象的地理概念。从地图上看，丽江距木里只有160多千米（这里的"160多千米"是按地图上丽江和木里两地的直线距离计算的。——编者按），但据说，至少要在崇山峻岭间长途跋涉11天，才能到达。

显然，洛克的心情也随着山路的曲折而跌宕起伏。

他时而闲情逸致欣赏沿途美丽的自然风光："从这里眺望丽江的雪域景色，真是美不胜收，特别是像城垛子一样的玉龙诸峰的无限风光更是令人为之倾倒。我们后来在山顶上的一间小木屋里过夜。太阳落山后，灿烂的霞光从山垛间倾泻下来，雪峰像一条冰清玉洁的蛟龙浮游在空中，而深谷中则弥漫着白茫茫的迷雾，满月的银光映照着清冷的雪峰和冰川。"

他时而深感高山峡谷中崎岖道路的险恶："道路很差，小道上的石灰石像刀片一样锋利。旅程是艰难的，我们不得不在荆棘丛中以及岩石上蹒跚而行。"

历时5天，洛克一行到达永宁。此时他们才得知老木里王已经死于水肿病，他的弟弟即位才4个月。新木里王为人更加和蔼。从永宁到木里的路更加艰险，绕过泸沽湖那汪清澈的湖水，爬过高高的山峰，洛克一行才到达永宁与木里交界的一个小村子。

洛克的马帮进入木里时，正是天寒地冻的隆冬时节，风雪弥漫，马踏无痕。又经过两天艰难行程，洛克一行终于翻越到一个关隘，举目望去，在高原清透冷冽的空气中，一座城池好像海市蜃楼般从雪后的荒原中浮现出来。

这里就是木里大寺！

木里的面积有多大呢？我们现在无法知道洛克是怎么得出木里总面积的，因为那时滇、川、藏的交界根本没有一张准确的地图。洛克写道："木里王统治着一块方圆9000平方英里（约23310平方千米。——编者按）的地域，比马塞诸塞州略大，但只有22000名诚实谦卑的人民。"

在木里大寺的三天时间里，洛克除了给木里王和他的保镖、总管、活佛等人拍照，还拍摄了许多佛像和寺院的照片。木里王项此称扎巴给洛克送来了鸡蛋、白米、喂马的两袋豆子、一袋面粉、火腿、羊肉干、粗盐、牦牛奶酪等给养。洛克则送给大总管三块香皂，送给寺里的其他喇嘛一些银币等物。两人仿佛是结下了深厚的友谊。离别之际，依依不舍的木里王希望洛克找机会再来木里。尽管前途茫茫，洛克还是点头许诺。

从此，约瑟夫·洛克，这个在今天被更多人知道的美国人，便与深山腹地的木里有了不解之缘。

那一段清脆的铜铃声，至今仿佛还回荡在木里蔚蓝的天空下。

（原载2009年第3期《锦绣凉山》）

源自大地的行走与写作(代跋)

如果以旅游论,霓虹缤纷的繁华都市和人头攒动的名胜景区对我都缺乏更大的吸引力,我宁愿逗留在博物馆聆听远古的呼吸,踯躅在古迹处触摸历史的尘埃。要不就去穷乡僻壤的地方游历,在陌生而美丽的景色中填充履历。

我不确切记得是从何时伊始,或者由何事幡然领悟,总之我对"现代性"逐渐失去从前的热情,反而对"原初性"表现出莫名的向往——不是去回溯到旧时光里,而是去捡拾起曾经丢失的钥匙。最近的事例是,两次去杭州都没有进城中心闲逛,前一次直接从萧山机场往返,后一次学习会后只踏上西湖畔吴山拜访《湖上》杂志同道。2013年年底在深圳受邀参加壹基金组织的媒体高端峰会,抽空去观看艺博会,体验马拉松"迷你跑",从此喜欢上了跑步。最惊心动魄的是2014年夏季,金沙江上走了一趟"鬼门关",想起来仍心有余悸,随后,老总奖励我飞往内蒙古巴彦淖尔,在黄河"几"字形弯的左上角,喝上几口黄河水。

所谓的旅游胜地去过不少,多半只留下"到此一游"的纪念照,像苏珊·桑塔格所说:"旅行变成累积照片的一种战略。"要不是人生苦短及在现代环境下我们不得不将大部分人生耗费于生计,我倒是希望以漫游的方式,在大地上行走与写作。这也是我每到一地,如果不是由于时间紧迫,更愿意安心住下来,去听当地人慢慢讲述,获得足够的细节和心灵感悟的原因。

酷爱电影,又做娱记,我追逐过明星十多年,徒然挥霍着短暂的青春。岁月无情,当听闻老之将至的脚步,方知任何人的光环都只是昙花一现,遂转移关注视线和写作题材。十多年前我沿"洛克路"从木里到稻城穿越香格里拉腹地的"秘境",逆着金沙江水由北向南经过雷波、金阳、布拖到宁南四县,追寻即将消失的手工榨糖和人工溜索。近年我在美姑县一个叫依洛拉达的地方，深入彝族聚居地，细心品尝彝族年的坨坨肉和泡水酒，认真考察当地人在寒冷的春节时如何建筑新房。我连续五次登上螺髻山、两次登上小相岭、四次进入甘洛大渡河大峡谷、十几次在泸沽湖畔踟蹰……我不断告诫自己，不要太过浮躁，不要走马观花，最有用的是细节。而每到一地，当地人的从容不迫与吃苦耐劳，无疑都成为我在旅途中收获的一笔财富。

我早已习惯了在山里的日子。我出生的小村庄，地名就叫山岗。我人生中的大多数时光与山为伴，我的身心栖居在连绵的山中，我喜欢视野里充满起伏的高山。我喜欢高山在时光的游走中变幻着奇妙的色彩。高山常常引领我的思绪展开遐想，并挑拨起我去翻越一座座山的冲动。换句话说，渴望对山中事物的了解成为我思维中新颖的追问。

我更愿意跋涉山中，墨绿的树丛、烂漫的野花，坎坷的小路绕着光秃的悬崖，生命凹凸的痕迹镌刻着说不尽的典故。因为有了彝族人挥锄劳动，因为有了瓦板房上弥漫的淡蓝色炊烟,这样的山就多了几分活力,与别的山有了质的不同。它似乎成为人类意义上的标识,如彝家的永不熄灭的火塘,温暖着人的灵魂,牵引着出走的人回家。

每个人都有自己的青春记忆。一些更为遥远的记忆一下子荡漾在我心中。我想起了那些更年轻、更有激情的阅读与写作的日子。我曾经那么着迷于海明威的《太阳照常升起》,流连于赫尔岑的《往事与随想》,也喜欢屠格涅夫的《父与子》。我想象着那一代代年轻人的生活,生命对他们而言,是一场永无休止的冒险历程,沿途的风景比到达的目的地更值得留恋。

特别是,当我阅读《在路上》时,灵魂已经被带到了另一个世界,那里有无限延伸的公路,荒凉的沙漠,疲惫却年轻的面孔,还有肆无忌惮的自由,可以无限挥霍的青春……"我还年轻,我渴望上路。"我宁愿把杰克·凯鲁亚克的这本自传体小说视作行动指南,它召唤着我,告别那些因为过于熟悉而变得庸常的生活环境,踏上一条不知目标的道路,并在路上达到生命中快乐的巅峰。

我一直会记得2004年秋天和几位朋友在木里大山中的穿行,每天徒步30至40千米,刚翻过一座山又准备去翻越面临的一座山,目光所能看到的范围之内,几乎都是那么几样东西:日、月、云、雨、山、水、土、石、草、木……一连十几天,天天看到的都是这些,单调是单调,却也觉得丰富。我们整天跟文字打交道,而所有的字,都是由这些字根组成的。或许老祖宗造字时,身边的风物和事情,本来就是天然生成的、自然造化的,于是他们的一笔一画,也从简单着手,慢慢勾画出一个丰富的世界。

大山无声地锻造着人的秉性。生长在山里的人们以坚韧与毅力诠释了另一种美景。他们的身影连同生命,与山川和江河相融合,尽管生命里的每一次起点与终点,都需经过艰难的跋涉。

这使我联想到新闻记者的工作,既令人兴奋又令人疲惫。它使你不断接触到新事物,却有可能使你因为陷入过多的事实之中而丧失了想象力。我害怕自己陷入习惯性的语境，学会像演讲家那样按部就班地说话。对我而言，写作首先源自大地，也唯有用心灵对大地的感知与领悟来写作文章，才能充实和丰富自己的历练。

与记者面对的新闻事件、新闻人物，以及由事件与人物所构成的社会，一定会呈现为多样与庞杂一样，新闻最后所陈述与梳理的也只可能是记者认知的那一面。换句话说，新闻仅仅是人们理解与沟通的一条通道，是联系人与人、人与社会的一条纽带。亦如德国哲学家雅斯贝尔斯的提醒，新闻记者必须时刻保持清醒的头脑与自我反思和学习的能力，在现实的报道中引入客观而崇高的情感，将人类文明的精髓通过报纸传达给公众。

我对行走与地理的兴趣，使我对所有山川与江河的领悟都一样，有了一种归属感。

有时候，我就觉得，城里人的出行，无论美其名曰"旅行"还是"旅游"，精神上多少有一些"放逐"甚至"逃避"的意味在里头。人放松了自己，放宽了心境，就会对山水产生许多好感，就会在山水间怡然自得：

看山峰，看流水，看天上飘过的云和夜空的星。

只要在路上，就必须勇敢地挣脱内心世界的软弱与安逸。但是许多时候，我们身上的中庸性，妨碍了我们对于自由、对于生命的极端享受。我们驯化的教育背景，我们生命意志的软弱已经注定了，我们许多时候只能在对行走的憧憬中度过时光。

既然喜欢行走，就不怕路途遥远。每天坐进办公室，就有一万个声音催促我，上路吧……

2017 年 10 月 12 日于西昌北山

精品栏目荟萃

《副刊面面观》

《心香一瓣》

《纽约客闲话精选集 一》

《多味斋》

《文艺地图之一城风月向来人》

《书评面面观》

《上海的时光容器》

《谈艺录》

《问学录》

《名人之后》

《纽约客闲话精选集 二》

《编辑丛谈》

《本命年笔谈》

《国宝华光》

《半日闲谭》

《云泥鸿爪一枝痕》

个人作品精选

《踏歌行》

《家园与乡愁》

《我画文人肖像》

《茶事一年间》

《好在共一城风雨》

《从第一槌开始》

《碰上的缘分》

《抓在手里的阳光》

《阿Q正传》

《风吹书香》

《书犹如此》

《泥手赠来》

《住在凉山上》

《老解观象》

《犄角旮旯天津卫》

《歌剧幕后的故事》

《色香味居梦影录》

《走读生》

《回家》

《武艺十八般》

《一味斋书话》

《收藏是一种记忆》